Thomas Brussig
Mats Hummels auf Parship

Von Selbstzweifeln angekränkelt und introvertiert ist Brussigs Trainer nicht gerade, wenn er über die Parallelen zwischen Theater und Fußball schwadroniert, gleich mal Goethe und Shakespeare bemüht und über die Unterschiede zwischen Fußball und Tischtennis philosophiert. Ohnehin lässt er kein Thema aus, ob Corona-Impfungen, Frauenfußball, Sprachverbote oder die WM-Vergabe nach Katar. Selbst darüber, ob man gern einen Boateng zum Nachbarn hätte, sinniert er und stellt die Rettungstat, als der 2016 im Spiel gegen die Ukraine den Ball noch von der Linie spitzelte, in aktuelle Bezüge. Mit »Mats Hummels auf Parship« führt Thomas Brussig seinen Fußballmonolog »Leben bis Männer« fort und aktualisiert ihn. Aus dem Wendeverlierer aus der Börde ist gewissermaßen ein Wutbürger geworden. Brussig hat mit »Schiedsrichter fertig« einem Schiedsrichter eine so wahre wie Widerspruch fordernde und hoch komische Litanei im Bernhard'schen Ton gewidmet. Dieses Buch vereint alle drei Fußball-Monologe des Autors.

Thomas Brussig wurde 1964 in Berlin geboren und hatte 1995 seinen Durchbruch mit »Helden wie wir«. Es folgten u.a. »Am kürzeren Ende der Sonnenallee« (1999), »Wie es leuchtet« (2004) und »Das gibt's in keinem Russenfilm« (2015). Seine Werke wurden in 30 Sprachen übersetzt.

Thomas Brussig
Mats Hummels auf Parship

WALLSTEIN VERLAG

Vorab

Der Monolog »Leben bis Männer« geht zurück auf eine Anregung des Regisseurs Arie Zinger, der für die Expo 2000 einen Theaterabend unter dem Titel »Die erste Stunde nach der letzten« auf die Beine stellen sollte. Er bat mich, eine ca. 15-minütige Szene zu schreiben, die was typisch Deutsches enthält, und ich erinnerte mich an eine Reportage von Christoph Dieckmann über den ersten Mauerschützenprozess einige Jahre zuvor. Im Gerichtspublikum hatte auch der Fußballtrainer von einem der Angeklagten gesessen, und Christoph Dieckmann kam während einer Verhandlungspause mit ihm ins Gespräch. Der Trainer sagte Dinge wie *Man soll die Jungs mal in Ruhe lassen, die haben doch nur ihre Pflicht erfüllt.* – Mauerschützen, Fußball und Provinz fand ich schon mal sehr deutsch, und so kam in meiner Phantasie leicht was ins Rollen, das durch den Schauspieler Hermann Lause auf der Expo gezeigt wurde. An der Redewut dieses Fußballtrainers hatte ich so viel Freude, dass ich seinen Monolog auf einen ganzen Theaterabend ausweitete, der unter dem Titel »Leben bis Männer« (S. 9) Ende 2001 mit Jörg Gudzuhn seine Uraufführung am Deutschen Theater in Berlin erlebte (Regie: Peter Ensikat). Der Monolog wurde allein am Deutschen Theater hundert Mal gespielt, und zahlreiche Theater spielten ihn nach. In Göttingen soll es 2006 sogar eine Inszenierung gegeben haben, bei der die Aufführung parallel zu einem Live-Fußballspiel auf der Leinwand gezeigt wurde, so dass der Trainer-Darsteller immer wieder auf das unvorhersehbare Live-Geschehen reagieren musste.

Diese Aufführung sah der Student Jonas Hennicke, der Jahre später Dramaturg des Oldenburger Staatstheaters wurde und anlässlich der Fußball-WM 2022 genau so was ins Programm nehmen wollte. Doch der Text von 2001 hatte inzwischen Patina angesetzt, und so bat er mich um eine Art Textrenovierung: Der Typ, damals »Wendeverlierer«, inzwischen »Wutbürger«, sollte erhalten bleiben, nur sollte er sich an heutigen Themen abarbeiten. Das Ergebnis war der Monolog »Mats Hummels auf Parship« (S. 55), der mit dem Beginn der Fußball-WM seine Uraufführung am Oldenburger Staatstheater (mit Matthias Kleinert, Regie: Peter Hailer) und am Volkstheater Rostock (mit Steffen Schreier, Regie: Peter Stuppner) hatte. Aus dem älteren Text sind dennoch etliche Ideen, sogar einige wortgetreue Passagen verwendet worden, und weil der neue Text mit einem Live-Fußballspiel verwoben werden sollte, habe ich dem Schauspieler ein paar Sätze angeboten, die er, je nach Situation, verwenden kann (S. 76).

Es gibt einen weiteren Fußball-Monolog, der entstand, nachdem mich 2007 Claudia Romeder, damals gerade Leiterin des Residenz-Verlages geworden, fragte, ob ich nicht die Reihe »Eine Litanei« eröffnen wolle. Ich hörte *Residenz*, dachte aber *Thomas Bernhard* und sagte zu, ohne eine Idee zu haben, wo es mich hinlitaneiisieren könnte. Hauptsache seitenweise Blocksatz, Blocksatz, Blocksatz. Warum es ausgerechnet einen Schiedsrichter traf? Ich fand es verlockend, eine Schiedsrichtergestalt zu Wort kommen zu lassen; mich reizte der Widerspruch, dass eine altmodische, weil autoritäre Figur in dieser hypermodernen, geldstrotzenden, medial durchinszenierten Fußball-Welt eine Schlüsselrolle einnimmt. Obwohl ich, das thomasbernhardsche Erbe aufgreifend, den gesamten

Text als einen Absatz schrieb, verwehrte mir Residenz den markanten thomasbernhardschen Blocksatz. Ich fühlte mich reingelegt. Jetzt endlich, in dieser Ausgabe, findet dank des Layouts etwas statt, das man im Film »Director's Cut« nennt. (S. 79) Nicht geändert wurden jedoch die Texte. Nach einiger Diskussion einigten sich Verlag und Autor, auf weitere Revisionen zu verzichten, auch wenn sich im Lauf der Zeit etliche Passagen nicht nur als fehlerhaft, irrtümlich oder unzeitgemäß erweisen, sondern auch als potentiell shitstormerweckend. Dass neuerdings längst erschienene Bücher entlang aktueller Empfindlichkeiten überarbeitet werden, mag »eifrig« oder »aktivistisch«, »respektvoll« oder »achtsam« genannt werden – es stellt jedoch eine Bereinigung dar, wo keine Bereinigung geboten ist. Die Literatur war ganz nebenbei immer ein Archiv sowohl von Irrtümern und Dummheiten wie auch von Machtverhältnissen, und wer ihr diese Eigenschaft rauben will, der liebt sie nicht.

»Schiedsrichter Fertig« wurde – etwas gekürzt –bald von etlichen Theatern als Monolog auf die Bühne gebracht, die rezeptionstechnische Fußnote wurde aber durch Angela Merkel gesetzt. So erzählte mir ein Journalist, dass die Kanzlerin auf einem Transatlantikflug im Regierungsflieger »Schiedsrichter Fertig« erst still für sich gelesen, dann aber alle untätigen Journalisten herbeigewinkt und minutenlang und hoch amüsiert daraus vorgetragen habe. Bereits davor war ein anderer Journalist zufälliger Zeuge gewesen, als Angela Merkel ein Buchgeschäft betreten hatte, nur um drei Exemplare von »Schiedsrichter Fertig« zu kaufen. (S. 137)

Weil »Mats Hummels auf Parship« für ein eigenes Buch zu kurz ist (schon die gedruckten Einzelausgaben von »Leben bis Männer« und »Schiedsrichter Fertig« fand ich für ein Buch gewagt), hat sich der Wallstein Verlag entschlossen, meine drei Fußball-Monologe nun in *einem* Buch herauszubringen.

Falls dir, lieber Leser, beim Lesen dieser einleitenden Worte aufgefallen ist, dass ich eigentlich nur nach Anregung durch Andere mit der Arbeit beginne: Ist mir auch aufgefallen, und es war mir nicht mal bewusst. Vermutlich wäre mir sogar diese Erkenntnis lange, wenn nicht sogar für immer verschlossen geblieben, hätte mich nicht Thorsten Ahrend vom Wallstein Verlag gebeten, diese einleitenden Worte zu schreiben.

Leben bis Männer

Ein Fußballtrainer kommt aus den Umkleideräumen auf die Bühne, die einen Fußballacker darstellt. Der Trainer ist über fünfzig, hat kurze krumme Beine und einen Bierbauch. Er schleppt ein riesiges Netz voller Fußbälle auf dem Rücken. Vor seiner Brust baumelt eine Trillerpfeife. Plötzlich hält er inne, lauscht und schaut zum Himmel.

Ruhig mal! Hörn Sie? Die Autobahn! Kein Lüftchen, und ganz weit die Autobahn – ruhig! Da! – Nachher wird schwer was runterkommen. Im Radio haben sie gesagt, wechselnde Bewölkung. Aber wenn ich die Autobahn hör, bei Windstille, dann kommt was runter, und nicht zu knapp. In spätestens anderthalb Stunden. Wenns Training losgeht. Das erste Training mit der neuen Mannschaft. Und dann gleich Regen.

Er wirft die Bälle ab und beginnt das Spielfeld für das Training vorzubereiten – eine Tätigkeit, die bis zum Ende des Stückes andauert: Grasballen eintreten, Tore aufstellen, Tornetze aus dem Geräteraum schaffen und an den Toren anbringen, Eckfahnen einschlagen, Kreide einfüllen und Linien kreiden, Bälle aufpumpen, usw.

Noch nie n Trainer gesehen? Bitte, ich hab nichts zu verbergen. Seh ich aus wie einer, der was zu verbergen hat?

Er stellt sich an die Absperrung, die Spielfeldrand und Tribünen voneinander trennt.

Meine Dame, zugucken gerne – aber nicht einmischen! Frauen und Fußball ist immer prekär. Je emanzipierter, um so schlimmer. Abseits, Libero – das kann man ihnen noch erklären. Irgendwann begreifen sie es sogar. Aber Frauen verstehen nie, wieso Fußball.

Ich bin absolut kein Frauenfeind. Aber Frauen und Fußball – nee. Kennen Sie auch nur eine Fußballtrainerin? Nennen Sie mir nur eine einzige, und ich halte meinen Mund. Es gibt Fußballtrainer, die nie Fußball gespielt haben – Uruguay ist sogar mal Weltmeister geworden mit einem Trainer, der nie Fußball gespielt hat. Das ist alles möglich, aber dass ne Frau Fußballtrainer ist – ausgeschlossen. *schreit* Heiko steht! *normal* Oder vor Gericht. Schon bei der Scheidung ist ne Frau als Richter schlimm, kann ich Ihnen sagen, aber wenn sogar bei diesen sogenannten Mauerschützenprozessen – das muss man sich mal vorstellen! Die hat doch keine Ahnung, wies zugeht in ner militärischen Einheit, mit Befehl und ... So ne Richterin weiß doch nicht mal, was Vergatterung bedeutet. Wenn ichs Ihnen sage! Fragen Sie irgendeine Frau, was Vergatterung bedeutet. Nein, nicht irgendeine – fragen Sie die klügste Frau, die Sie kennen, was Vergatterung bedeutet. Ich garantiere Ihnen: Keine weiß es. Sie glauben, dass sies wissen, aber sie wissens nicht. Und so was darf dann Urteile sprechen. Die versteht doch überhaupt nicht, was es heißt, dass ein Mann an seinen Platz gestellt wird und seine Pflicht zu erfüllen hat. Versteht die nicht. Ein Trainer versteht so was sofort. Und wenn einer rübermachen wollte, wusste der doch, was ihn erwartet. Ist meine Ansicht. Gab auch andere Wege. Musste doch nicht so nen armen kleinen

Grenzsoldaten in Konflikte stürzen. Hätte jeden treffen können. Wehrpflicht, Fahneneid, Befehle – da hatte man keine Wahl als kleiner Grenzsoldat. Da wurden nun mal welche erschossen. Ich sage: Leider. Aber die Prozesse, Jahre später – die machten doch keinen mehr lebendig. Und dann ne Frau. Keine Ahnung von Vergatterung. Aber wenn dann die Mutter von dem Vollidioten, ich nenn ihn jetzt mal so, von diesem Vollidioten, der sich unbedingt erschießen lassen wollte – leider! –, wenn also die Mutter vor Gericht erschien, dann können Sie sich doch denken, wie das lief. Die Richterin sieht die Mutter … Dann hatte doch so n kleiner Grenzsoldat verloren, der konnte sich doch gar nicht begreiflich machen mit Befehl und Vergatterung … Ich weiß, wovon ich rede. Ich hab selbst mal in so nem Gerichtssaal gesessen. Nicht auf der Bank, sondern als ganz unbeteiligter, unvoreingenommener Zuschauer. Aber als ich mitgekriegt habe, dass da ne Frau als Richter – also da wars aus. Ich bin kein Frauenfeind, aber es gibt einfach Grenzen. Gibt ja auch keine Fußballtrainerin. *schreit* Heiko steht! *normal* Das kann ne Frau doch gar nicht. Die würde kein Mensch hören. Ein Trainer muss brüllen können, sonst braucht er gar nicht erst anzufangen. Ich übrigens brülle nicht. Es sieht aus wie Brüllen, aber in Wirklichkeit ist es Denken, und zwar sehr leidenschaftliches Denken. Das Brüllen geht ganz von allein, da muss ich gar nichts für tun. Die andern Trainer gucken bloß zu oder sagen alle zehn Minuten mal was, von denen sie fünf Minuten nachdenken, wie sies sagen sollen – nicht bei mir. Meine Spieler wissen, was ich denke, mit minimalster Verzögerung, nur durch die Gehirnströme, ein paar Millisekunden – jeder Gehirnpsychologe oder so was kann das bestätigen! – Luft holen, und dann ist die Nachricht mit

Schallgeschwindigkeit bei den Spielern, dreihundert Meter pro Sekunde, also überschlagsmäßig spätestens in Null Komma drei Sekunden. Im Winter sogar noch schneller, weil Schall im Winter, das kann Ihnen jeder Tontechniker oder Physiker bestätigen. Ein paar Millisekunden später hat der Spieler meine Botschaft verstanden und weiß, was zu tun ist. Und ganz unter uns – das ist wirklich der einzige Weg. Wenn die Spieler auflaufen und wissen, es geht um was, da haben sie Angst. Das sind ganz tiefe Urinstinkte. Sie haben Angst, was falsch zu machen, Gegner ist unbekannt, und sie halten die blanken Knochen hin. Da brauchen sie doch einen, der ihnen sagt, was sie machen sollen. Da ist ne klare Anweisung die Erlösung. Ich will Ihnen ein Beispiel bringen, wie dringend ein Spieler ne klare Anweisung will. Ich hab mal zu nem Spieler ganz ruhig gesagt, er soll sich die Schuhe zubinden. Seine Schuhe waren zu. Und was macht der? Hockt sich mitten im Spiel hin und bindet sich die Schuhe zu. War ne volle Minute außer Gefecht gesetzt. Aber jetzt kommt der Clou: Der war von der Gegenmannschaft. Dem fehlte einfach ne klare Anweisung, und von mir hat er eine gekriegt. Das funktioniert aber nur, wenn der andere Trainer kein Platzbrüller ist, sondern ein Kabinenbrüller. Aus Angst, sich zum Maxe zu machen. Ich bin ein Platzbrüller, obwohl ich nicht brülle, sondern denke, leidenschaftlich denke, denke und lenke. Der Stratege am Rand. Der Julius Cäsar der Seitenlinie. Wenn Sie bei einem Spiel plötzlich ganz leidenschaftlich denken, was die Spieler machen müssten – und die Spieler machen das auch, weil Sie der Trainer sind –, nicht zu unterschätzen, das Gefühl, nicht zu unterschätzen. Was ich denke, sehr leidenschaftlich denke *brüllt,* das passiert auch! *normal* Nicht zu unterschätzen.

Das war der Heiko, der mit den Schuhen. Neun war er damals. Als der sich die Schuhe zuschnürte, machten meine ein Tor. Hat der Heiko geweint. Da tats mir natürlich leid – wenn ein Erwachsener was zu nem Neunjährigen sagt, die können das nicht unterscheiden. Der Trainer vom Heiko hat ihn angefaucht: Bist du n Mädchen oder warum flennste! Da hab ich den Heiko getröstet. Bin doch kein Unmensch. Und weil er immer noch geweint hat und einfach nicht aufhören wollte, hab ich zu ihm gesagt, dass er ein toller Spieler ist, einer wie Jürgen Sparwasser, und dass ich ihn jederzeit in meine Mannschaft nehmen würde. Da hat der Heiko aufgehört zu weinen und ist in meine Mannschaft. Sofort. Hat sich schon in meiner Kabine umgezogen nach dem Spiel. War wie adoptiert. Und den Trick mit dem Schuhezubinden hab ich mir gemerkt, für später. Bei Kindern ist es ja keine Kunst. Aber der funktioniert auch bei den Männern! Klare Anweisungen sind die Erlösung aufm Platz. Wo kämen wir hin, wenn alle Individualitäten wären? Mit diesen ganzen antiautoritären Moden muss mir niemand kommen. Bloß weil Sie vielleicht nen Doppelnamen haben, müssen Sie sich nicht für was Besseres halten als ein Fußballtrainer. Sie wissen doch genau, wenn gespielt wird, kommt das übrige Leben komplett zum Erliegen. Das ist das Fußball-Gefühl! Alle gucken Fußball. Und warum wollen alle Fußball gucken?

Das ist ne interessante Frage. – Es gibt Experten fürs Fernsehen, die von früh bis spät nichts anderes machen, als sich Spiele auszudenken, die im Fernsehen laufen sollen. Die denken sich so was aus wie das Millionenspiel oder Big Brother. Aber das ist noch gar nichts gegen Fußball. So was wie Fußball würden die gern erfinden. Geht aber nicht, weil – es ist schon erfunden.

Ich will Ihnen mal was verraten. Das hat nix mit dem Heiko zu tun – aber das ist ja auch völlig uninteressant für Sie, mit dem Heiko das. Muss ich ja nicht lang und breit und so. – Fußball. Fußball ist ja nicht das einzige Spiel, wo was mit Ball und Tor und Mannschaft, gibt ja auch Basketball, Rugby, Handball, Volleyball, Eishockey, und, und, und. Wasserball! Aber nur Fußball ist ein Spiel fürs Auge. Sie sehen, wie der Ball läuft, haben immer den Überblick vorm Fernseher, und wenns spannend wird, dann kriegen Sie das auch mit. Nicht so wie beim Eishockey, wo kein Mensch sieht, wie ein Tor fällt. Wenn die Spieler die Arme hochreißen, dann weiß der Zuschauer: Ah, ein Tor ist gefallen. Na ja. Ist ja auch idiotisch, ein Spiel mit diesem viel zu kleinen Puck. Ist doch nix fürs Auge. Ein Ball, ein FUßBALL – das ist was fürs Auge.

Außerdem ist ein Fußballspiel fast immer spannend. Nehmen Sie Volleyball: Da kommt die Aufgabe, dann Stoppen, Zuspiel, Schmettern. Da ist ein Spiel wie das andere. Haben Sie je ein Volleyballspiel gesehen, wo Sie noch Jahre später sagen: Ja, das war doch dieses ... Oder wenn Sie mittendrin mal aufs Klo müssen und kommen zurück in die Halle, dann schauen Sie auf die Anzeigetafel, sehen den Spielstand und wissen Bescheid. Aber sie kommen nicht auf die Idee, Ihren Nachbarn zu fragen, ob Sie was verpasst haben. Der wird Sie wahrscheinlich angucken wie ... Und wenn Sie nichts verpasst haben, weil Sie nichts verpassen können – warum schaun Sie es sich überhaupt an? Na, Sie schaun sichs ja nicht an. Genau so wenig wie Handball: Die eine Mannschaft greift an, die andere verteidigt, und dann spielen die sich am Kreis – Kreis! Das heißt Kreis, obwohl kein Mensch weiß, was an diesem Kreis ein Kreis ist! Ist auch kein Halbkreis, eher ein Halb-Ei ... Beim

Fußball *ist* der Mittelkreis ein Kreis! – Da spielen also die Angreifer den Ball hin und her, hin und her, ewig geht das, und das Publikum klatscht mit, wie beim Parteitag. Wie beim SED-Parteitag, wenn Ihnen das was sagt. Mich haben die da mal hingeschickt. Vom Betrieb aus. Gut, dachte ich, schaden kanns nicht. Die Hälfte von denen, die da saßen im Palast der Republik, waren, ich will mal sagen, einfache Menschen. Ganz normal. Mitklatschen war angesagt, und bloß nicht einschlafen. Alles klatschte im Rhythmus, obwohl es total langweilig war. Beim Handball gehts genau so zu. Wenn schließlich einer wirft, wird es Tor oder nicht – und das ist auch ein Problem von Handball. Beim Handball fallen zu viele Tore, vom Basketball ganz zu schweigen – aber beim Fußball kann ein einziges Tor die ganze Situation auf den Kopf stellen. Drei Minuten vor Schluss, es steht zweizwei, und dann fällt ein Tor, das ist doch schicksalsentscheidend! Aufstieg oder nicht, in eine ganz andere Liga vorstoßen oder nicht, die Krönung eines Lebenswerkes, nur wegen einem einzigen Tor! Beim Handball ist es scheißegal, ob ein Tor fällt oder nicht. Und wenns sowieso egal ist, braucht man gar nicht erst anzufangen.

Und dann ist noch ein einfacher Grund, und das ist wegen den Regeln. Es ist wichtig, dass man von einem Spiel die Regeln versteht. Wenn man nicht versteht, was läuft, ist es auch nicht spannend. Fußball ist so einfach, dass es ein Sechsjähriger kapiert. Wenn im Stadion einer aus Amerika neben Ihnen sitzt, Amerika, sag ich jetzt mal so, dann müssen Sie ihm nur erklären, warum der Schiedsrichter pfeift, und dann hat der nach einem einzigen Spiel für den Rest seines Lebens die Fußballregeln begriffen. Wenn er helle ist, begreift er sie sogar allein, ohne dass einer daneben sitzt. Aber umgekehrt klappt das nicht: Was bei denen der Nationalsport ist, Baseball – da kann man die Regeln nicht vom Zuschauen verstehn. Nicht nach einem und auch nicht nach hundert Spielen. Ich guck manchmal nachts Sport. Ich guck gern nachts fern! Nicht nur wegen der Werbung, ist klar, dass sie diesen Schweinekram tagsüber nicht senden können, wenn das Kinder sehn, das ist doch nix, oder wenn die dann plötzlich auf die Idee kommen würden, so ne Nummer anzurufen. Dann haben Sie so ne Rechnung und nicht mal selbst ... Telefon macht was aus. Meine Rechnung ist immer hoch, also jetzt nicht nur deswegen, aber was man als Trainer immer der Mannschaft hinterhertelefonieren muss ... Ich, bei meiner Telefonrechnung, hab immer gedacht: Mensch, von denen müsste man Aktien haben. Die stiegen und stiegen. Bei achtzig bin ich rein, dann gingen sie rauf auf hundertdrei, und jetzt sind sie schon ein halbes Jahr unter dreißig ... Wie bin ich jetzt darauf gekommen? Richtig, wegen Baseball, wo man die Regeln nicht versteht. Nicht mal, wenn man im Stadion neben einem Amerikaner sitzt und sie einem erklärt werden. Weil – die verstehn ja selber nicht die Regeln. Tatsache. Es gibt keinen Amerikaner, der die Regeln der amerikanischen Nationalsportart kennt. Ich bitte Sie – das will ne Weltmacht sein? Wenn die nicht mal die Regeln von ihrem eigenen Nationalsport kennen, was haben die denn überhaupt für ein Verhältnis zu Regeln? Frag ich jetzt mal so! Der Engländer, Fußball, klare Regeln, klare Sache. Als der Adolf denen Coventry zerdonnert hat, ist der Engländer auf Hamburg und Dresden los. Lag einsnull zurück, der Engländer, hats aber drehen können: zweieins. Aber der Amerikaner, der schmeißt zwei Mal die Atombombe, wegen Pearl Harbor. Aber eigentlich wegen Baseball. Der

Amerikaner schert sich null Komma nichts um Regeln, hat er ja auch nie gelernt, bei seinem Baseball. Könnse mal nem Botschafter erzählen, da kommt der bestimmt ins Grübeln.

Die Länder sind nämlich allesamt so wie ihr Nationalsport. Bei den meisten ists sowieso Fußball – also wissen Sie alles über die Brüder, wenn Sie beim Fußball hingucken. Das ist meine Theorie, und die stimmt. Ich muss nicht in der Welt rum, Geld ausgeben für Flüge nach sonstwohin, London, Madeira oder Mexico. Wozu gibts Fernsehen? Ich guck mir hier die Spiele an, das langt. Solln doch die andern in der Weltgeschichte herumgondeln. Bringt doch nichts. In Mallorca haben im Sommer die Busfahrer gestreikt. Schönen Urlaub wünsch ich, mit Kofferschleppen, vom Hotel zum Flughafen. Typisch für Spanien, wie die versprengten Provinzen das große Land immer wieder an den Rand des Abgrunds bringen. Jede Provinz hat ihre eigene Terrorgruppe und ihre eigene Fußballmannschaft, die international mitspielen kann. Aber in der Nationalmannschaft läufts nie bei den Spaniern. Die Klubs ganz groß, die Nationalmannschaft immer unter ferner liefen. Und so sind auch die Busfahrer auf Mallorca: Machen für sich dolle Abschlüsse, aber dass die gesamte Touristikbranche in Spanien imagemäßig in die Knie geht – das interessiert die Busfahrer auf Mallorca nicht. Sehnse!

Ich muss ja nicht ununterbrochen über Heiko reden. Ich meine, ich hab nichts zu verbergen. Ich stehe da jederzeit Frage und Antwort, aber meine Theorie über Fußball und Nationalcharakter, von Anfang an, seit es Fußball gibt – da nehmen Sie noch was zum Nachdenken mit nach Hause. Sie haben nämlich garantiert keine Vorstellung, wie die ersten Fußballspiele aussahen. Haben Sie nicht. Aber ich kanns Ihnen sagen: Die ersten Fußballspiele waren ein einziges Gerenne. Die ganze Meute hetzte sich einen ab, dem Ball hinterher, bis zur totalen Erschöpfung. Der Engländer erkannte zuerst, dass es clever ist, den Ball laufen zu lassen, und nicht den Mann. Der Engländer hat einen großzügigen, weiten Pass geschlagen und aus der Ferne zugeschaut. Fußball im Kolonialherrenstil. Das sicherte dem Engländer eine jahrzehntelange Vormachtstellung. Am liebsten spielte der Engländer gegen den Schotten, und das war für den Schotten immer demütigend.

Der Schotte empfindet den Engländer traditionell als Besatzer, und so wollte sich der Schotte was einfallen lassen, um die englische Überlegenheit zu brechen, ohne den Stil der Besatzer zu kopieren. Also ersann der Schotte den schottischen Flachpass – fußballmäßig dasselbe wie schottischer Geiz: kurze, knappe Pässe, was natürlich völlig neue Anforderungen an die Präzision stellte. Dass der Schotte den Flachpass braucht, um überhaupt mitspielen zu können, zeigt sich bis heute beim Wetterbericht: Immer sind es schottische Sturmtiefs, die uns am Wochenende erreichen werden, das kann Ihnen jeder Diplom-Meteorologe oder jeder Wetterkartenheini bestätigen: schottische Sturmtiefs. Weite, hohe Bälle waren einfach nichts fürs stürmische Schottland. Ganz ungemütliches Land. Wer kann, wandert aus. In Schottland selbst leben ja die wenigsten Schotten überhaupt, aber das nur am Rande. Da wächst auch kaum was, außer Krüppelkiefern.

Denen würden die Augen übergehen, bei uns, in der Börde. Wir in der Börde haben ja die fettesten Böden in Europa. Wer unsern Boden in die Hand nimmt, vergisst es nie: schwarz vom Humus, schwer vom Lehm, viel Löß und Wasser. So n Boden gibts nirgends sonst. Wenn die Freunde gewusst hätten, was wir für Böden haben in der Börde, die hätten die ganze Börde abgetragen, als Reparation, und bei sich in der kasachischen Steppe ausgekippt. Aus der Wismut haben die Freunde ja einen einzigen Selbstbedienungsladen gemacht, wegen Uran. Ne Mondlandschaft hamse zurückgelassen. Wenn sich neunzehnfünfundvierzig auch nur ein sowjetischer Offizier gebückt hätte, um sich ne Handvoll von unserm Boden genau anzuschaun, dann hätten wir jetzt die Steppe oder die Mondlandschaft. Und dass wir später unsere Börde nicht waggonweise an den Westen verkaufen mussten, grenzt an ein Wunder. Damals haben unsre ja alles zu West gemacht, Export, Export, alles sollte in den Export. Wieso sie die Börde vergessen haben zu exportieren, den besten Boden Europas – waren eben auch bloß Menschen, die Parteiniks, vermute ich mal.

Bei uns wächst alles: Zuckerrüben, Weizen, Kartoffeln, Zwiebeln, Kohl. Was da alles los musste, um das von den Feldern zu holen. Ganze Batterien von Mähdreschern und Traktoren und Kombinen ... Allein der Maschinenpark war ein Riesenbetrieb. Hieß »Tatkraft Börde«. War meine Bude. Und mein Verein: »BSG Tatkraft Börde«!

Eines Tages dann Sportunfall, Meniskus im Eimer. Aus. Konnt nicht mehr spielen, von einem Tag auf den andern. Hatte sofort zehn Kilo mehr drauf. In meinem Job konnt ich auch nicht mehr arbeiten. Musst ich einen auf Lehrausbilder machen. Da hat sich noch keiner totgemacht als Lehrausbilder, hat sich noch keiner totgemacht. Ich konnt nebenbei sogar die Kindermannschaft von Tatkraft Börde übernehmen, als Trainer. Mein Sohn war gerade in dem Alter, den hab ich gleich mitgenommen. Und wollt mit der Mannschaft immer mitwachsen: Kinder, Knaben, Schüler, Jugend, Junioren – bis Männer. Mein Junge – also mein

Sohn – war eineinhalb Jahre in der Mannschaft. Dann kam die Scheidung, er kam zu ihr – und sie hat ihm verboten, weiter zum Fußball zu gehen. Nun stand ich aber da mit der Mannschaft ... Verstehen Sie, ich konnte mich doch nicht einfach hinstellen und sagen: Weil mein Sohn nicht mehr bei euch mitspielen darf, trainier ich euch nicht mehr. Was istn das für ne Einstellung? Und warum soll ich nicht mit euch mitwachsen, wenn schon nicht mit meinem Sohn? Ihr seid mir doch auch ... ans Herz gewachsen. Und so bin ich Trainer geblieben. Kinder, Knaben, Schüler, Jugend, Junioren – bis Männer.

Deshalb hab ich mich auch nie Übungsleiter schimpfen lassen. Was nur ein paar Lehrgänge mitgemacht hatte, durft sich Übungsleiter schimpfen, ein Trainer musste richtig studieren, an der DHfK. Aber einer, der jahrelang, jahrzehntelang bei seinen Jungs bleibt – Kinder, Knaben, Schüler, Jugend, Junioren bis Männer, der mit ihnen mitwächst wie, ja, wie elf Söhne sollt ihr sein –, hat der es verdient, dass der sich Übungsleiter schimpfen lässt, nach dem Motto: Übt heute mal dies, übt morgen mal das, und übermorgen kommt vielleicht ein anderer? Nee, nicht mit mir, ich bleibe bei der Mannschaft.

Die Mannschaft war mein ein und alles. Andere haben eine Familie, ich hatte Tatkraft Börde. Meinen Sohn zum Beispiel, den durft ich nur am Sonntag sehen, vom Gericht aus. Aber sonntags wurde auch gespielt ... Ging nicht. Konnt mich überhaupt nicht auf ihn einlassen. Musste ständig an die Mannschaft denken. Oder im Sommer 90: Heiko, fünf Tage London für vierhundertvierundvierzig Mark. Noch mit DDR-Pass. Ich nicht. Ich lass mich doch nicht von den ihre Kontrolle angucken wie ein Asylbewerber. *Macht vor, wie er seiner Meinung nach für seinen*

DDR-Pass angeguckt worden wäre. Der Engländer ist ja bekannt für seine Hochnäsigkeit, und zwar seit jeher. Jahrzehntelang hielt es der Engländer nicht für nötig, bei Weltmeisterschaften anzutreten. Was ihn nicht davon abhielt, gleichzeitig zu behaupten, den besten Fußball zu spielen. Das ist typisch für den Engländer, dieser unglaubliche Dünkel gegenüber allem, was außerhalb seiner Insel passiert. Vor allem das Verkehrswesen ist eine einzige Unverschämtheit. Alle Welt hat Rechtsverkehr, nur den Engländer macht es aus unerfindlichen Gründen glücklich, seinen Wagen nun ausgerechnet auf der linken Straßenseite zu fahren. Hier lernt jedes Kind, dass es nach links schauen muss, wenn es auf die Straße will – aber in England kommen Sie mit dieser Regel garantiert unter die Räder. Und deshalb hab ich im Sommer 90 ständig an Heiko gedacht, als er in England war, fünf Tage London, für vierhundertvierundvierzig Mark: Pass bloß auf, hab ich gedacht, die Mannschaft braucht dich – schau *erst* nach rechts, *dann* nach links –, und schon bin ich in ein Auto gelaufen. Ein VW Derby für sechstausend Mark, wo die Bremsen nicht funktionierten. Damals wollten ja alle einen Westwagen, koste es, was es wolle.

Der Heiko kam jede Woche ins Krankenhaus. Mein Sohn nie. Neun Wochen war ich außer Gefecht, Saisonauftakt verpasst, und als ich wieder da war, hatten meine schon drei Packungen gekriegt, und ich hatte wieder zehn Kilo mehr. Das neue Fresszeug, das du für West kaufen konntest – böse, böse. Es war überhaupt ne schwere Saison. Meine Bude hatte zu kämpfen, Lehrausbildung machte als erstes dicht, und ich stand da ohne Arbeit. Und den Verein konnte sich meine Bude auch nicht mehr leisten. Wir brauchten einen Sponsor. Jeder Verein im Osten brauchte damals einen Sponsor. Aber welcher Sponsor lässt sich mit ner Mannschaft ein, die mit drei verlorenen Spielen startet? Kein Sponsor, kein Geld! Nur wegen dem Linksverkehr! Es werden jedes Jahr aufs neue Berechnungen angestellt über die Kosten des Linksverkehrs. Wobei wir noch ein kleiner Fisch sind. Aber fragen Sie mal die Autoindustrie, wie es der gefällt, dass der Engländer sein Steuer auf der rechten Seite montiert haben will. Da kann man doch keine Aktien kaufen, wie das die Gewinne drückt! Das geht in die Milliarden! Den Engländer kratzt das wenig. Beim Euro macht der Engländer ja auch nicht mit. Ich hätt auch nicht mitgemacht, aber dass ausgerechnet der Engländer ausschert – typisch. Damals keine Weltmeisterschaften und heute kein Euro. Nichts gelernt hat der Engländer, obwohl es schon damals ein böses Erwachen gab. Bis weit nach dem Zweiten Weltkrieg hielt sich der Engländer für unschlagbar, zumindest auf dem eigenen Territorium – bis die Ungarn kamen und sechsdrei siegten. Sie müssen sich das vorstellen: Das Empire war gerade zusammengebrochen, Rommel hat in Afrika gemacht, was er wollte, Gandhi in Indien – und nun, aller guten Dinge sind drei, kommt Ungarn, nach englischen Maßstäben ein Kleinstaat, und schießt den Engländer in Wembley sechsdrei zusammen. Die Engländer wussten nicht mehr, wo oben und unten ist. Ungarn war rein fußballgeschichtlich ein Ableger des legendären Wiener Wunderteams, wo sich wienerische Beschwingtheit mit balkanesischer Heimtücke paarte. Alles, was die Donau hochgeschippert kam, wurde aufgestellt – Makedonier, Zigeuner, serbokroatische Schlitzohren, alle möglichen dunkeläugigen Blutsvermischungen. Ich hab mal einen von diesen Brüdern erlebt – eigentlich nur einen halben. Mutter war von hier, aber der Vater Bulgare. In der Börde waren Mischehen mit Ausländern ja eher die Ausnahme, daher war dieser Halbbulgare schon was Besonderes. Wenn der am Ball war, hatten meine ganz schön zu tun. Schnell war der, gelenkig, immer für ne artistische Nummer gut. Konnte alles durcheinanderwirbeln, Trick siebzehn, und hat sich nie freiwillig vom Ball getrennt. Und wenn er ihn los wurde, hat er gelacht. Und das war nur ein halber Balkanese. Stellen Sie sich mal von der Sorte elf gegen England vor. Ordnung konnten die nicht halten, die Ungarn von Wembley, das Zügellose lag denen im Blut. Schon die Namen! Eine Mannschaftsaufstellung wie elf ungarische Hochzeitstänze: Puskas, Hidegkuti, Budai, Czibor ... Gestürmt wie die Blöden, und immer ne Menge Tore geschossen – aber ohne System. Ihr System war, kein System zu haben. Erst Herberger hat diesen Balkanfußballern im vierundfünfziger WM-Finale gezeigt, dass es so nicht geht. Zwei Jahre später haben die Ungarn ihren Aufstand verloren, und danach hat man nichts mehr von ihnen gehört.

Was Sieg oder Niederlage psychologisch im Volk anrichten, kann man gar nicht überschätzen. Nehmen wir das Sparwasser-Tor. Sparwasser hat viele Tore gemacht, aber nur eins wurde das Sparwasser-Tor. Vierundsiebzig bei der WM hat er gegen den Westen das Einsnull für die DDR gemacht. War eine Riesen-Sensation. Hat ja damals keiner mit gerechnet, dass die DDR den Westen schlägt. Zuallerletzt die DDR selber. Heinz-Florian Oertel hat nicht mal von der BRD-Nationalmannschaft sprechen dürfen, sondern nur von der DFB-Auswahl. Damit die DDR nicht gegen die BRD verliert, sondern nur gegen den DFB. Nach dem Spiel traute sich Oertel zu sagen, dass die DDR die BRD besiegt hat. Erst der Sieg der DDR hat den DFB zur BRD gemacht! Aber das nur am Rande. Sparwasser spielte beim 1. FC Magdeburg, war aus unserer Gegend hier, aus Halberstadt. Im Nachwuchsbereich wurde ich sicher auch mal gegen ihn aufgestellt. So groß ist die Welt ja nun auch nicht, und wir sind derselbe Jahrgang, der Jürgen und ich. Wir haben garantiert mal gegeneinander gespielt, bevor er weltberühmt geworden ist. Für die Kinder von Tatkraft Börde war ich damit ein Halbgott. Denn Sparwasser war Gott. Wir sind damals überrannt worden von Kindern, die Sparwasser werden wollten. SparwasserSparwasserSparwasser. Was das Sparwasser-Tor allein im Nachwuchsbereich auslöste – da ist der Urknall ein Scheißdreck dagegen. Und ich habe mir gesagt: Das machste psychologisch, die Begeisterung musst du nutzen, die Sache musst du am Kochen halten. Mit der Mannschaft wächst du mit, da bleibst du dran, kennst die Vorgeschichte, die Entwicklung – das sind von jetzt an deine Jungs. Das war der beste Moment, um als Trainer anzufangen. Sparwassers erster Trainer war ja der eigene Vater. Aber wenn du plötzlich deinen eigenen Sohn nicht mehr trainieren darfst, dann musst du eben für die übrigen Spieler wie ein Vater sein. Heiko hin oder her – die anderen konnten sich das auch verdienen.

Er blickt zum Himmel.

Das zieht sich zusammen, genau über uns. Das bleibt hier stehen und kommt dann runter. Die Natur, die zieht ihr Ding durch, wie sie will. Das ist eine Macht, dagegen bist du gar nichts. Wissen Sie, worüber ich jedesmal staune? Wenn hier im Winter alles unter Schnee liegt, und es beginnt zu tauen, und alles fängt wieder von vorn an. Ja, über so was staune ich. Die Natur, die kann das. Immer wieder alles enden lassen und immer wieder alles anfangen. Als wäre nichts geschehen.

Nachher die neue Mannschaft, erstes Training. Mit der alten Mannschaft habe ich vierundsiebzig angefangen. Vierundsiebzig wurde endlich wieder richtig in die Offensive gegangen, nachdem ja über Jahrzehnte hinweg keine Tore geschossen wurden. Besonders der Italiener war berüchtigt für seine strikte Weigerung, Tore zu schießen. Spielte gnadenlos seinen Einsnull-Fußball: Hinten machen wir dicht, und vorn hilft uns der liebe Gott. Vom Zeitschinden gar nicht zu reden. Der Aufschwung in der italienischen Schauspielkunst damals – Gina Lollolollo oder Claudia Cardinale –, der griff auch auf die Fußballplätze über. Der gefoulte Italiener litt zum Steinerweichen, wenn er in Führung lag. Aber 1974 bei der WM drüben, stellt sich ausgerechnet der Holländer hin und erklärt den totalen Fußball. Das muss man sich mal vorstellen! Der Holländer hatte sich fünfundvierzig ja nicht selbst befreit und war demzufolge vom Erfolg der deutschen Methoden ungebrochen überzeugt. Für den Holländer hatte Deutschland den Krieg ja nicht verloren – vielleicht hat ers deshalb genau wie der Deutsche versucht. Totaler Fußball bedeutet, dass jeder an die Front muss – und die ist überall. Verteidiger stürmten und Stürmer verteidigten. Und alles wurde niedergemacht, Argentinien, Brasilien, die Sparwasser-Elf. Ein Turnier wie ein Feldzug. Nirgends ernsthafter Widerstand. Im Finale lag der Holländer schon nach einer Minute vorn. Aber totaler Fußball bis zum Endsieg – das ging nicht mehr nach achtundsechzig, das kam gar nicht gut an bei den langhaarigen Spielern von drüben. Da musste der Westen ja gewinnen! Wollten doch zeigen, dass sie was gelernt hatten aus der Vergangenheit!

Mit den Lehren aus der Geschichte, damit hamses. Diese Richterin da von dem sogenannten Mauerschützenprozess, das war garantiert auch so eine. Aber ich will Sie mal was fragen: Kennen Sie Pinoschett oder Pinoché oder wie der heißt, der aus Chile? Nee, war gar nicht fein, was der angestellt hat. Aber als es vorbei war, hieß es: Schwamm drüber. Ja? Schwamm drüber. Die Toten machts nicht mehr lebendig, und außerdem ist er n alter Mann. Die Chilenen, ein uraltes Volk, jahrtausendealte Tradition, Mayas, Inkas, Azteken – alles. Hats schon zig Ausstellungen drüber gegeben. Die werden schon wissen, warum diese Schwammdrüber-Nummer. Das sind die Lehren aus der Geschichte, Frau Richterin. Ob es Ihnen nun passt oder nicht! Und der Heiko fing wegen Sparwasser mit Fußball an, und nicht, weil der Westen Weltmeister wurde. So siehts doch aus!

Mit ner Frau als Richter haben Sie nichts zu lachen. Bei meiner Scheidung bin ich mir vorgekommen wie ein asoziales Element. Fragt mich die Richterin, ob mir Fußball wichtiger ist als meine Frau. Ein Mann hätte erstmal gefragt: Ist es denn so schlimm, dass sich Ihr Mann für Fußball interessiert? Aber wenn es nur darum geht, über unsern Fußball zu Gericht zu sitzen, dann können Sie sich ja denken, was ich von der Emanzipation halte.

Also musste ich sagen, ob mir Fußball wichtiger ist als meine Frau. Ich hab gesagt: Ja. Ich konnte nicht anders. Und wenn meine Frau hundertmal sagt, dass sie mich liebt. Fußball ist mir einfach wichtiger als alles. Dafür hab ich mich gefühlt wie ein asoziales Element. Ich weiß wirklich nicht, wie man Zeit mit Familie verbringt. Spazieren? Oder reden? Das ist doch nur Zeittotschlagen, nur Getue. Das lässt sich überhaupt nicht mit Fußball vergleichen. Fußball ist einmalig. Es ist bescheuert, aber es ist so.

Und besonders bescheuert war es mit der DDR. Ich hatte es ja mit der DDR, und das war mein Unglück. Vierundsiebzig waren unsere bei der WM dabei und haben den Westen geschlagen, und das Fernsehen hat Bilder von DDR-Fans gezeigt, DDR-Fans im Hamburger Volksparkstadion! Bin ich am nächsten Tag zu meinem Parteinik und hab gesagt: Ich bin Fußballtrainer, und ich will auch als Fan zu ner WM. Da hat der mich angeguckt und gesagt: Die waren bestimmt alle in der Partei. Sag ich: Wenns weiter nichts ist – und schon wars passiert. Hatt ich dann auch das Bonbon am Revers und jeden Montag Versammlung. Aber nach nem Jahr kommt der Parteinik zu mir, legt mir die Hand auf die Schulter und sagt: Genosse, bei der nächsten Welt- oder Europameisterschaftsendrunde mit DDR-Beteiligung bist du dabei. Parteiversprechen auf Ehrenwort. Im Klartext: Ich war auserwählt! Eine Westreise für einen einfachen Arbeiter und kleinen Fußballtrainer! Die Parteiniks hatten wirklich Macht. Ich geb Ihnen mal ein Beispiel: Als der 1. FC Magdeburg damals Europapokalsieger wurde, sagte auf irgend nem Empfang der Trainer von denen, Heinz Krügel, über den Parteinik vom Bezirk Magdeburg: Den kennt niemand, aber mich kennt ganz Europa. War Krügel sofort weg vom Fenster. Hat nie wieder als Trainer gearbeitet. Die hatten wirklich Macht. Und wenn die sagen, ich darf, dann darf ich auch. Die DDR musste sich nur qualifizieren, den Gefallen musste sie mir tun. Aber sie schafften es nicht. Nicht sechsundsiebzig nach Jugoslawien, nicht achtundsiebzig nach Argentinien, nicht achtzig nach Italien, nicht zweiundachtzig nach Spanien, nicht vierundachtzig nach Frankreich, nicht sechsundachtzig nach Mexiko, nicht achtundachtzig in den Westen – und neunundachtzig fiel die Mauer. Ich sage Ihnen, ich hatte viel Zeit, diese Mannschaft hassen zu lernen. Ich hätte nach Argentinien fliegen dürfen oder nach Mexiko, wenn ... In allen anderen Sportarten waren sie doch gut, unsere Sportler, Schwimmen, Leichtathletik, Rudern, Katarina Witt – ging immer an unsre. Aber beim Fußball sind sie in der Qualifikation rausgeflogen. Ob die wussten, was die mir damit antun? Mexiko, Italien, Frankreich – ich bin in die Partei eingetreten dafür, ich hab mich sogar zu nem Parteitag schicken lassen –, und dann, im entscheidenden Spiel gegen Österreich, ein Sieg musste her, dreizehn Minuten vor Schluss, steht einseins, die Flanke von Löwe, und Riediger, frei vorm leeren Tor – Koncilia geschlagen, Pezzey geschlagen –, nickt das Ding an den Pfosten! Jeden Fehlpass der DDR habe ich persönlich genommen. Ich konnte doch nicht raus! *Die* hatten ja ihre Freundschaftsspiele in Brasilien und überall, und die mussten dafür nicht in die Partei eintreten oder auf Parteitagen rumsitzen.

Und nach achtundachtzig war alles egal. Neunzig hatten es unsre wieder nicht geschafft. Der Westen wurde Weltmeister. Mit Beckenbauer als Trainer. Meint der nach der WM, dass die Deutschen, verstärkt mit den Spielern aus dem Osten, auf Jahre unschlagbar wären. Der ahnte ja nicht, wen er sich da einhandelt, mit unseren notorischen Qualifikationsversagern.

Im Sommer neunundachtzig sind vier von meinen Spielern über Ungarn weg. Sparwasser ist schon Anfang achtundachtzig drüben geblieben. Altherrenmannschaft vom 1. FC Magdeburg, Saarlandreise. Das war ne andere Zeit plötzlich. Sparwasser hatte ja vierundsiebzig ein Angebot von Bayern München. Er ist hier geblieben. Und jetzt?

Am schlimmsten wars, als die Mauer gefallen war. Da stellte sich die Sinnfrage. Bloß weil neue Zeiten über uns hereinbrechen, darf man doch nicht gleich alles aufgeben! So eine Mannschaft wie uns, so was gibts doch heute gar nicht mehr in der modernen Welt, wo alles nur drunter und drüber geht, mit Börse, Internet, den Genen, doppelter Staatsbürgerschaft, den ganzen Politikern, den Banken, den Multis, Joint Ventures, und, und, und. Ich habe immer wieder meinen Jungs gesagt, dass wir nicht nur Fußball spielen. Wir trotzen den Zeiten, die immer gegen uns waren, immer. Wir sind eine Mannschaft, wo jeder seinen Platz kennt, wo alle an einem Strang zu ziehen haben, wo Geschlossenheit und Disziplin herrschen. Wir brauchen keine individualistischen Einlagen von einem vermeintlichen Genie, wie es ihm passt. Wenn jeder nur macht, was er will, muss er nicht in ne Mannschaft. Da soll er Tennis spielen, Boris Becker, da kann er machen, wozu er Lust hat. Und gerade in der heutigen Zeit, wo jeder nur individuell-kreativ sein will, muss man lernen, sich unterzuordnen. So wie der Heiko. Der wollte nie für sich glänzen, mit dem gabs nie Probleme. Aber mit den andern. Und damals besonders. Plötzlich war alles andere wichtig, nur die Mannschaft nicht. Die machten ihre Kurse in Bayern als Versicherungsvertreter oder machten einen auf Gebietsleiter Ferrero und waren nur noch unterwegs. Ich konnt froh sein, wenn ich am Sonntagnachmittag elf Mann aufstellen konnte. Aber wozu klagen – andern gings auch nicht besser. Zweiundneunzig musste sogar der dänische Nationaltrainer seinen Spielern in den Urlaub hinterhertelefonieren *imitiert den dänischen Trainer ...* Ja Sören ... Möchtest du vielleicht mitspielen, bei Europameisterschaft ... Übermorgen ... Wir von Dänemark soll einspringen, für Jugoslawien ... Dürfen nicht, wegen Krieg, nein dürfen nicht, ist Krieg in Jugoslawien, hat UEFA gesagt ...

Der kriegte seine Mannschaft zusammen und wurde Europameister. Schlug im Finale den Westen mit zweinull. Gut, Sammer war dabei, aber im Grunde wars der Westen. Da machte Fußball gucken wieder Spaß! Der hat mir imponiert, der dänische Trainer. Wusste doch, wies ist, die Mannschaft zusammenzukriegen. Ist nicht leicht. Sogar wenn ich sie zusammen hatte, fielen Spiele aus. Weil auch die anderen – ja? Oder – manchmal fielen Spiele aus, weil es keine Schiedsrichter mehr gab. Du kannst ja nicht ohne Schiedsrichter spielen, aber die Schiedsrichter machten auch alle einen auf ... Einer war plötzlich Lokalreporter! Der hat sich für ein Schweinegeld ne Videokamera gekauft und hat gefilmt, fürs Fernsehen. Zum Beispiel, wenns wieder Ärger gab mit den Ausländern, dann hat der das gefilmt. Das Spiel, das der zu pfeifen hatte, war ihm egal. Und das war oft! Samstagabend war immer Disco, die jungen Leute, die vor Kraft nicht laufen können, saufen sich einen an – vertragen ja auch nix! – und dann war der Ärger programmiert. Samstagnacht bekamen die Ausländer die Jacke voll, und Sonntag, wenn wir spielen wollten, war der noch beim Filmen. Na, kann ich ja auch irgendwie verstehen. Wenn du ne Kamera abstottern musst – als Schiri kommt ja nichts rum.

Ich habs mit nem Sportgeschäft versucht. Die Aktien von Adidas, Puma, Reebok *sprich: Rehbock* gingen nur nach oben. Dachte, ein Sportgeschäft ist ne gute Idee. Aber an vorderster Front habe ich lernen müssen, wie die Wirklichkeit aussieht. Rollschuhe sollt ich verkaufen, Rollschuhe und Skateboards, bei den Straßen! Oder so Glitzerhosen, als ob ich die Schwulenfiliale von Beate Uhse wäre.

Und immer hab ich was von Fun *sprich: Fuhn* gelesen. Ist Englisch. Soll Spaß heißen. Seit wann hat Sport denn was mit Spaß zu tun? Sport ist Schwitzen, und aus. Aber das Schlimmste war der Computer. Das Ding funktionierte praktisch nie. Hatte zu kämpfen bis zur Pleite. Stress pur! Wieder zehne druff. Die Kunden für so n Sportgeschäft, also die tüchtigen Jungen, sind alle weg und haben im Westen Arbeit gesucht. Und von Baseballschlägern allein kannste auf Dauer auch nicht überleben.

Soll ich Ihnen mal sagen, wie Sie sich fühlen, wenn Sie keine Arbeit mehr haben? Sie fühlen sich wie n Ball, aus dem die Luft raus ist. Solange Sie Arbeit haben, haben Sie ne innere Spannung, da rollen Sie, da springen Sie, da laufen Sie – da kommen Sie kaum zur Ruhe. Aber wenn Sie keine Arbeit mehr haben – da ist die Spannung, die innere, die ist weg. Da fühlen Sie sich schlaff und leer. Sie bleiben liegen, wie ein Ball, in dem keine Luft mehr ist. Damit will doch keiner spielen, da tritt man doch höchstens mal dagegen. Und das entgeht Ihnen nicht. Alles, was Sie machen wollten, wenn Sie erst Zeit haben – das können Sie nicht. Sie können sich einfach nicht aufraffen. Es gibt keinen Rhythmus, keinen Antrieb, und alles, was Sie früher nebenbei gemacht haben, ist plötzlich der Höhepunkt des Tages. Zum Briefkasten gehen. Tüte Milch kaufen. Nägel schneiden. Sie wünschen sich sogar – ich sags Ihnen, wies ist –, Sie wünschen sich sogar, krank zu werden, damit Sie etwas haben, womit Sie sich beschäftigen können. So siehts aus. Aber das dürfen Sie niemandem erzählen, weil Sie sonst als Jammerlappen dastehn. Und nach spätestens anderthalb Jahren fangen Sie auch an, auszusehen wie ein Ball, in dem keine Luft mehr ist. Keine Gedanken mehr drin. Gesicht wird leer und schlaff. Ich kanns einem Menschen ansehn, ob er Arbeit hat oder nicht. Ich spiel immer Arbeitslose rauskriegen: Der ist. Der auch. In unserer Jugend gibts massig Material.

Die besten Fußballer sollen ja aus den Slums kommen. Ich dachte: Wenn das so weitergeht, gibts in Deutschland bald tolle Spieler.

Stimmung wurde immer mieser. Haben unsern nicht die Länderspiele angerechnet. Hieß zwar Wiedervereinigung und hieß auch Deutscher Fußball Bund, aber die ham beim DFB symbolisch die ganze Statistik in den Papierkorb geschmissen. Wer hundert Länderspiele hat, ist im Klub der Hunderter. Wir hatten zwei: Joachim Streich vom 1. FC Magdeburg und Jürgen Dörner von Dynamo Dresden. Der Westen hatte nur Beckenbauer. Also zweieins für uns. Aber dass Ostler die deutsche Fußballstatistik anführen, ist für Westler nicht hinnehmbar. Musste sich der DFB in Frankfurt am Main was einfallen lassen. Dass Streich und Dörner Deutsche sind, daran war nicht zu rütteln. Also haben sie ihre Länderspiele einfach nicht anerkannt. Und die von den andern DDR-Spielern auch nicht. Gab einen Riesen-Stunk deswegen im Osten. Denn vom Prinzip her ging es allen wie Streich und Dörner. Mit einem Wisch ist alles weg! Erst als Matthäus, Klinsmann und Kohler in den Hunderterklub kamen, hat der DFB die DDR-Länderspiele wieder mitgezählt. Früher war das einfacher: Die Spiele, die der Fritz Walter fürn Adolf gemacht hat, die zählten, und aus die Maus. Dem Asamoah wurden die Länderspiele auch gleich angerechnet. Mal n Zeichen gegen Ausländerfeindlichkeit, gut, aber gleich so? Mit dem Namen! Asamoah klingt nach Dschungel pur. Und der sieht wirklich nicht aus wie ein deutscher Nationalspieler. Wieso kriegt der seine Länderspiele sofort angerechnet,

Streich und Dörner aber erst nach langem Hin und Her? Sind wir jetzt etwa die Neger Deutschlands?

Ich bin kein Rassist, im Gegenteil. Ich hätt keine Probleme, so einen aufzustellen. Ne schwarze Perle brauchst du heute einfach. Leider fühlen die sich bei uns in der Börde einfach nicht wohl. An mir liegts also nicht. Das wolln wir mal festhalten. Ich mach da keine Unterschiede zwischen den Ausländern – ob das nun Asylanten sind, Gastarbeiter, Juden, Polen, oder, oder, oder – spielt keine Rolle. Das sind Ausländer, und fertig. Und für mich sind alle Ausländer gleich. Wenn das keine moderne Einstellung sein soll, dann weiß ich auch nicht.

Die Wende hatte nur ein Gutes: Wir könnten jederzeit gegen Bayern München spielen. Jederzeit. Wenn dus im Pokal weit bringst und sie dir dann zugelost werden. Hab ich meinen Spielern gesagt: Wir müssen uns wenigstens für Bayern München fit halten. Wenn uns die Bayern zugelost werden, dann müssen sie. Können sich nicht damit rausreden, dass sie als Bayern München gegen keine Unbekannten spielen wollen. Meine Spieler hat das nur mäßig interessiert. Dafür die Sponsoren. Ich hab denen erbarmungslos die Pistole auf die Brust gesetzt beim Sponsorengespräch. Sponsert uns lieber gleich, ehe ein anderer kommt und ihr zuguckt, wenn wir gegen Bayern München spielen.

Hat funktioniert. Die Brauerei wollte. Der gings gut! Wenns allen dreckig geht, wird viel gesoffen. Ich hatte keine moralischen Skrupel deswegen, dass wir vom Elend profitieren. Ist ja auch keiner auf die Idee gekommen, den Dänen zu unterstellen, sie seien Kriegsgewinnler, weil sie als Nachrücker für Jugoslawien Europameister geworden sind. Fußball ist ein hartes Geschäft, da ist kein Platz für moralische Skrupel. Wir hatten endlich einen Sponsor.

Mussten uns in Brauerei Börde umbenennen deswegen, als ob wir eine Thekenmannschaft ... Ich hab auch für mich wieder was gefunden. Ich mach für die Brauerei den Wachschutz, nachts. Sitzende Tätigkeit. Gleich wieder zehne. Weihnachten auch. Da will ja keiner. Sitzen lieber bei ihren Familien. Mir macht das gar nichts.

Weihnachten ist für mich die schönste Zeit. Wenn im Fernsehen die Rückblicke kommen, Tor des Jahres – da werd ich sentimental. Bin nicht frei davon. Das Jahr geht zu Ende, Bilanz. Früher war Weihnachten immer schön. Meine Frau hat die Gans gemacht, und dann hat sie mich gerufen, zum Zerlegen. Musst ich ran. War ja heiß, das Vieh. Aber ...

Aber allein geht auch. Ja. Geht auch.

Was heißt Wachschutz, wenn da ein Kombi kommt, das ist überhaupt kein Problem, mal aus meiner Buchte rauszukommen und für n Fuffi n Fass rauszurollen. Privat, schwarz, ganz nebenbei, verliert man kein Wort darüber. Das hat die Brauerei bis jetzt nicht umgebracht, aber dass die uns nach jedem Sieg ein Fass in die Kabine rollen – nix, da warten wir seit Jahren drauf. Aber da sitzt ne Frau in der Abteilung, son weißes Büro, was sie sich selbst einrichten durfte – erzählte sie mir dreimal, mit Computer und diesem Vorhang, wo du zack machst *zeigt mit den Handflächen eine Drehung um neunzig Grad* – und dann kannst du durchgucken. Hab ich mir erlaubt, das Ding Vorhang zu nennen. Meint sie, dass das *pikiert* ein Sonnensegel ist. Sonnensegel! Ist mir doch egal. Ich mach nicht jeden neumodischen Kram mit. Soll sie doch in ihrem selbstgerichteten weißen Büro sitzen und jeden Tag aufs Neue vergessen, in was für ner Buchte sie früher gesessen hat. Von so einer weiß man doch, dass der jedes Verständnis dafür fehlt, mit wie viel Schweiß ein Sieg erkämpft ist. Der fällt von allein nicht ein, ihrer Mannschaft nach jedem Sieg ein Fass in die Kabine rollen zu lassen. Und wenn ich in ihrem weißdesignten Büro stehe mit meiner Wachschützermontur und vielleicht noch selbst Andeutungen in der Richtung mache – wer bin ich denn! So versessen bin ich nun auch nicht nach dem Bier. Wenn ich deren Bier will – ich weiß doch, wos steht. Da muss ich doch nicht vor dieser, dieser Sonnensegelmadame, muss ich doch nicht zu Kreuze kriechen, damit sie uns ein Fass Bier in die Kabine rollen lässt. Schlimm genug, dass ihr hinter ihrem Sonnensegel überhaupt nicht begreift, mit wie viel Schweiß ein Sieg erkämpft ist.

Frauen und Fußball ist ein ganz finsteres Kapitel. Sie werden mich nicht dazu bringen, etwas Frauenfeindliches zu sagen, aber Fußball ist nichts für Frauen. Über Frauenfußball sage ich nur einen einzigen Satz. Mehr werden Sie zu diesem Thema von mir nicht hören. Nur einen Satz, und dann ist das Thema erledigt. Ja? Einen Satz: Solln se spielen, soviel sie wollen, Gedankenstrich, aber sie sollen nicht erwarten, dass irgendeiner zuschaut. Ein Satz! Mehr gibts dazu wirklich nicht zu sagen. Und als Fußballpublikum sind Frauen sowieso völlig untauglich. Frauen verstehen den Fußball nicht, sie verstehen ihn zutiefst nicht. Weil Fußball zu gucken erfordert ein Bekenntnis. Man ist für die oder die – und man kann auch während des Spiels wechseln –, aber man muss Partei ergreifen, sonst ist es langweilig. Und man muss sogar – ich sags Ihnen, wie es ist –, man muss sogar den Verstand abgeben und einen völlig sinnlosen Enthusiasmus einschalten. Das können Frauen nicht. Sie verstehen nicht, was einen Mann dazu treibt, Fußball zu gucken oder sich hinzustellen und

Fußball zu spielen. Als meine Spieler älter wurden – so Jugend, Junioren – und mit der Freundin kamen – das war mir nie geheuer. Die Freundinnen wollten sie immer bloß vom Training abhalten oder von den Punktspielen. Ich hab das zig Mal erlebt, dass es die Freundinnen auf die Frage hinauslaufen ließen, was wichtiger sei – sie oder die Mannschaft. Jungs, hab ich dann immer gesagt, Weiber gibts viele, aber uns als Mannschaft nur einmal. Meistens hats auch geklappt. Der Heiko kam mal mit einer, mit so langen glatten Haaren und so nem Rock *langer Rock*. Ich kenn die Sorte. So ne Vegetarische. Ihr Bruder war bei mir Lehrling. Der musste gehen, weil er in der vormilitärischen Ausbildung das Schießen verweigert hat. Ich hab ihm gesagt, er soll sonstwohin schießen, aber schießen muss er – nee, er schoss überhaupt nicht. Ich fasse keine Waffe an. Musst er gehen. Und nun der Heiko mit der Schwester von so einem. Dass die nicht mit Fußball kann, das riech ich doch drei Meilen gegen den Wind. Was machstn da als Trainer, wenn du merkst, dass dein Spieler plötzlich rumspringt mit einer, die philosophiert und liest und so. Wenn so eine auf Samtpfötchen kommt und fragt: Warum spielstn Fußball – da biste doch erschossen als junger Mensch.

– Weil ich da Freunde habe.

– Und ich? Bin ich nicht viel mehr für dich?

Was machstn da als Trainer, wenn du so was kommen siehst, was machstn da? – Das geht nur psychologisch, knallhart. Hab den Heiko zum Kapitän gemacht. Die ganze Verantwortung, zack, fertig, da kommt er nicht weg. Der Heiko geht vielleicht von Bord, aber nicht als Kapitän. Ich kenn doch den Heiko. Seine Langhaarige hat bald das Interesse verloren. War auch besser so. Der machte es nur Spaß, n jungen Menschen zu verderben.

Er schaut zum Himmel.

Das jetzt gleich, das wird kurz, aber heftig. Und danach Sonne! Und die neue Mannschaft. Wenn man Jahrzehnte aufm Platz zubringt, da kriegt man ein Gefühl für die Natur, für ihren Rhythmus. Auch vom Rhythmus her muss mal wieder was runterkommen. Das Gras fühlt sich nicht gut an, so ohne Regen. Nachher wirds weicher, auch wenns erstmal feucht ist. Die Erde nimmt das Wasser, und gut is.

Dabei hab ich gar nichts dagegen, wenn mal ne Frau zuschaut – das kann Wirkungen haben. Wenn da eine ist, auf die ein paar scharf sind – das merke ich gleich. Ich rede mir wochenlang den Mund fusselig, wie die spielen sollen. Die Wirkung ist null. Aber am Sonntag, wenn wir spielen, fangen die plötzlich an zu zaubern, spielen wie die jungen Götter. Und wenn ich mich dann umdrehe, seh ich auf den ersten Blick, für wen sies tun. Für mich jedenfalls nicht. Ich würde ja gerne eine Masseuse dazuholen. Nicht puffmäßig, ganz seriös, mit ner Ausbildung. Aber jung muss sie sein, und so ein richtiges … Also, wo jeder mal ran will, Sie verstehn schon. So was gibts ja. Und der würde ich nach nem Spiel höchstens zwei Spieler zum Massieren reinschicken: Erstens, den Torhüter, wenn er den Kasten saubergehalten hat, und, zweitens, den Spieler, der unser letztes Tor geschossen hat. Ich sage Ihnen, so eine Mannschaft, die mit der Hoffnung spielt, dass so eine richtig scharfe Masseuse – seriös! – sie nach dem Spiel massiert, die ist vermutlich unschlagbar, die ist unschlagbar, die gewinnt nur noch mit zu null.

Frauen können beim Fußball schon wichtig sein, an der richtigen Stelle. Sogar wichtiger als manche Männer. Bestreite ich ja gar nicht. – Und? Redet so etwa ein Frauenfeind?

Nur wenn sich was Festes anbahnt, dieses Ich-oder-dein-Fußball-Gekeife – da sind Frauen Gift für die Spieler. Aber bei Freistößen zum Beispiel, so aus zwanzig Metern, lass eine zuschaun, der mein Spieler imponieren will – da trifft der mindestens doppelt so gut wie ohne. Ist ne Tatsache. Einmal, Krafttraining, Winter, in der Halle, beim Klimmziehen, die Jungs hingen am Reck, waren fertig, konnten nicht mehr, knallrot, Adern geschwollen – und plötzlich geht die Tür auf und herein kommt so ne niedliche Handballtorhüterin, blond, mit nem Pferdeschwanz. Kam so rein, spielte ein bisschen mit ihrem Handball rum, ließ ihn auftrumpfen – und schaute, ob wir bald fertig werden. Da ging ein Ruck durch die Mannschaft, da waren sofort die Hormone da: Meine Jungs schafften alle noch einen, wenn nicht sogar zwei oder drei Klimmzüge. Meine Mannschaft ist nicht faul. Das war die pure Biologie, und ein Trainer muss sich das zunutze machen, dafür ist er schließlich Trainer.

Eine Frau, die einfach am Spielfeld steht und zuschaut, behaupte ich, kann die Fehlerquote durch ihre bloße Anwesenheit mindern – es ist sagenhaft. Gerade beim unterklassigen Fußball, wo das Spiel nur aus Fehlern besteht, wenn man genau hinschaut.

Es passieren ja die unglaublichsten Dinger. Entweder sie treffen das Tor nicht, oder sie treffen den Ball nicht. Was man als Trainer da manchmal durchmachen muss. Der Ball liegt praktisch auf der Linie – und der Spieler schießt ihn übers Tor. Das war schon rein schusstechnisch ein Unding. Ich wollt mir das nachher nochmal zeigen lassen, im Training, aber er hats nicht geschafft. Keiner aus der

Mannschaft hat das geschafft. Oder der Ball lullert am leeren Tor vorbei – und drei Spieler haun daneben. Mit dieser Masseuse, verstehen Sie, würde das nicht mehr passieren. Wofür, ich frage Sie, wofür trainieren wir überhaupt, wenn im entscheidenden Moment drei Spieler bei einem Lullerball danebenhauen? Oder Elfmeter, das ist ein ganz dunkles Kapitel. Stellen Sie sich mal auf einen Fußballplatz an den Elfmeterpunkt. Das Tor ist *so* groß – Sie denken, Sie können gar nicht vorbeischießen. Und trotzdem passiert's. Auch bei den Profis. Bei denen gerade. Die besten Spieler schießen die schlechtesten Elfmeter. Ist ne Tatsache. Beim Europapokalfinale der Meister, bitte lassen Sie sich das auf der Zunge zergehen: Europapokalfinale der Meister, 1986, Barcelona gegen Bukarest. Was so ein spanischer Profi verdient – es ist der Wahnsinn, aber sie haben alle Elfmeter verschossen. Jahrzehntelange Auslese, Fußballschulen, Talentespäher, Wahnsinnsablösen, Trainerstar – und wofür? Dass sie keinen einzigen Elfmeter reinkriegen! Oder Uli Hoeneß. Wann immer es einen entscheidenden Elfmeter zu verschießen gab, ist er angetreten. Beckenbauer hat sich vor Elfmetern gedrückt. Der wusste schon, warum, der hat nämlich auch jeden zweiten verschossen. Beckenbauer hat mehr Eigentore in seiner Bilanz als verwandelte Elfmeter. Ist auch schon vorgekommen, dass ein Spieler, Nationalspieler, in einem Spiel drei Elfmeter verschossen hat. Es ist sogar schon vorgekommen, dass ein Spieler beim Elfmeter den Ball nicht getroffen hat. Ein Profi. Ein Amateur vielleicht auch, aber da würde sich ja keiner wundern. Der hat den Ball nicht getroffen. Nicht richtig. Der Ball kullerte aufs Tor zu. Und ging sogar rein. Weil der Torhüter, Profi, Nationaltorhüter, schon in eine Ecke gesprungen war, als der Schütze das Bein schwang. Allerdings in die falsche.

Der landete in der falschen Ecke, der Nationaltorhüter, sah aber den Ball in Richtung andere Ecke kullern. Und wie der so aufs Tor zukullerte, meinte er, den kriegt er noch – und sprang in die andere Ecke. Er hats aber nicht mehr geschafft. Das ist Fußball!

Oder nehmen Sie diese Torwand. Seit über dreißig Jahren gibts dieses Ding, und alles, was Rang und Namen hat, war schon dran. Sowie einer drei gute Spiele macht, schießt er im Sportstudio auf die Torwand. Sechs Mal, aus sieben Metern. Drei oben, drei unten. Und nicht ein einziger hat sechs Treffer gehabt. Kein Beckenbauer, kein Pelé, kein Basler, kein Netzer. Der hatte immerhin fünf. Mike Krüger hatte vier. Wie Rudi Völler. Und es gab zahllose Profis – auch Nationalspieler! –, die nicht ein einziges Ding in der Torwand untergebracht haben. Wolfgang Overath, Fußballweltmeister – null Treffer. Nur mal so als Beispiel. Eusebio, Fußballer Europas – null Treffer. Pelé, Fußballgott – ein Treffer.

In der Atomphysik, da schießen die Wissenschaftler – alles Professoren übrigens –, die schießen mit Teilchen aufeinander, die sind so klein, dass sie praktisch gar nicht da sind und nur theoretisch existieren. Keine Ahnung, wie die heißen, aber vielleicht haben die auch keinen Namen, weil es Quatsch ist, etwas zu benennen, was nicht existiert. Aber diese Wissenschaftler – alles Professoren – können diese theoretischen Teilchen sogar hernehmen und aufeinander schießen, gegenseitig. Und davon machen sie noch Fotos! Auf denen sieht man sogar was, obwohl die Ereignisse – die Wissenschaftler nennen es Ereignisse – kürzer sind, als es klick macht. Ich hab keine Ahnung, wie die das anstellen. Ist bestimmt nicht einfach. Ein Foto mit etwas, was nicht stattfindet zwischen Teilchen, die nicht existieren – das konnte nicht mal die Stasi. Aber die können das. Und nicht nur Fotos. Die mit dem Urknall sind von derselben Fraktion. Die Wissenschaftler heutzutage, die wissen nicht nur, dass es einen Urknall gegeben haben muss, sondern sie wissen auch, wann er war und was zum Beispiel vier Tausendstel Sekunden nach dem Urknall passierte. Ich hab die spätabends im Fernsehen gesehen, und ich sage Ihnen, die konnten einen schon schwindlig reden. Dass alles, die ganze Welt, Sterne, Universum, alles, was Sie hier sehen, was Sie in den Händen gehalten haben und noch halten werden, Berge, Meere – dass alles vor Milliarden von Jahren nur in einem winzigen Punkt enthalten war, der zig Millionen Grad heiß war, Billionen von Tonnen wog und mit Lichtgeschwindigkeit auseinanderflog, wobei er sich beim Auseinanderfliegen auch noch sortierte ... Können Sie sich das vorstellen? Ich hab jedes Mal damit zu tun, mir das vorzustellen, aber diese Professoren, die reden da ganz locker drüber.

Und was kommt dabei rum für so nen Wissenschaftler? Ich weiß es nicht genau, aber eins weiß ich: Von denen verdient keiner auch nur die Hälfte von dem, was jeder Bundesliga-Profi verdient, und alles, was die können sollen, ist Bälle ins Tor zu schießen, aber das können sie ja nicht. Nicht mal an der Torwand, aus sieben Metern, wenn der Ball liegt, wenn sie Zeit haben, niemand angreift und kein nervlicher Druck da ist – selbst dann können sie es nicht. So gehts zu auf der Welt: Die einen können die kompliziertesten Dinge, die anderen nicht mal das Einfachste. Und die Nichtskönner verdienen natürlich mehr.

Eigentlich ist Fußball ja wegen der Evolution. Das hätten Sie jetzt nicht gedacht, ist aber ne Tatsache. Evolution ist ein Begriff, denk ich mal, also Steinzeit, Neandertaler,

Schimpanse, Sie wissen Bescheid. Wir haben ja vor Jahrmillionen auf Bäumen gehockt, in Asamoahs Heimat, haben die Früchte abgefressen, und als der Baum leergefressen war, mussten wir zum nächsten. Durch die Savanne, das Gras so hoch – und es wimmelte von Löwen, Leoparden, Hyänen, die nur darauf warteten, uns anzufallen. Und im hohen Gras hatten die gute Chancen. Wir mussten den Kopf hochkriegen, um zu sehen, wo da wer schleicht. So ist es zum aufrechten Gang gekommen bei uns, mehr oder weniger. Auf den Füßen sind wir gegangen, aber die Hände hatten wir seitdem frei, und damit haben wir so mit Werkzeug, oder getöpfert, klar, muss ja auch sein, oder Klavier gespielt, Mozart, Bach, Beethoven – alles, oder – genau! – Handball gespielt. Die Hände wurden immer geschickter. Die Füße nicht. Und trotzdem wurde 1867 der englische Fußballverband gegründet und ein Jahr später die erste Meisterschaft ausgespielt. Obwohl von der Evolution her die Füße nur zum Laufen da sind. Der Mensch an sich ist doch überhaupt nicht in der Lage, von Natur aus nicht, Fußball zu spielen. Ist doch völlig gegen unsere Bestimmung. Nehmen Sie das Gehirn. Das hat für ganz bestimmte Aufgaben ganz bestimmte Positionen, haben Wissenschaftler herausgefunden. Alles Professoren. Weil im Krieg mal ein Soldat im Lazarett eingeliefert wurde, der von ner Kugel im Kopf getroffen war, und alles vergessen hatte. Ansonsten gings ihm gut. Kugel im Kopf, quietschfidel, aber alles vergessen. Es war ein totales Phänomen, und weils im Krieg immer Simulanten gibt, ist der den zuständigen Organen übergeben worden. Den hamse an anderer Stelle untersucht. Aber er war kein Simulant. Die Wissenschaftler, alles Professoren, die haben herausgefunden, dass genau da, wo die Kugel im Gehirn steckte, die

Position des Gedächtnisses sein muss. Aber warum soll nur das Gedächtnis seinen Sitz haben? So kam der Stein ins Rollen. Jeder Gehirnchirurg oder Psychoanalytiker oder so kann das bestätigen. Da gibt es eine Region – oder was heißt Region, das heißt vielleicht auch Sektor oder Lappen, also Stirnlappen oder Schläfenlappen, und ich drück mich jetzt mal fachmännisch aus, weil es *ist* kompliziert. – Da gibt es einen Lappen für die Finger oder für die Hände, und der ist im Vergleich ziemlich groß. Ich weiß nicht, wie die das rausgekriegt haben, die Wissenschaftler, die können ja nicht ihren Testpersonen Kugeln in den Kopf geschossen haben. Aber angeblich soll es stimmen. Zunge und Lippen haben auch große Lappen. Denkt man gar nicht, aber das hat was mit dem Sprechen zu tun. Fürs Sprechen müssen Lippen und Zunge unglaublich geschickt sein. Wir merken das gar nicht, das geht ganz von allein. Aber die Beine und Füße sind so groß, aber ihr Lappen im Gehirn ist viel, viel kleiner, sogar noch kleiner als der für die Augen. Die Augen können, gehirnlappentechnisch gesehen, mehr als die Beine und die Füße zusammen. Lippen, Zunge, Finger, Hände: alle können mehr als die Füße – und wir spielen Fußball. Wir können es doch gar nicht! Deshalb müssen die Tore so groß sein. Als ob das was bringen würde – trotzdem werden Elfmeter verschossen. Weil wir es nicht können, von Natur aus nicht. Wir haben einfach zu wenig Fuß im Gehirn, von der Evolution her, und der ist es doch scheißegal, ob wir Fußball spielen wollen! Der Mensch ist nach fußballerischen Gesichtspunkten eine einzige Fehlkonstruktion, eine Missbildung. Und zwar jeder, ohne Ausnahme! Wenn einer groß ist, geht er zum Basketball, wenns Töchterlein nicht wachsen will, kann sie Turnerin werden, die Dicken werden Kugelstoßer und die Dünnen

Marathonläufer. Aber beim Fußball spielt ALLES mit: Dicke, Dünne, Große, Kleine, Krummbeinige ... Die besonders! Aussehen spielt keine Rolle – weil du beim Fußball sowieso nur versagen kannst. Denken Sie daran, wenn mal wieder ein Spieler aus einem Meter Entfernung übers leere Tor schießt – ist alles schon vorgekommen! –, wenn ein Torhüter bei einem müden Rückpass ein Tor kassiert, weil er über den Ball schlägt, oder ... Wissen Sie, ich bin seit dreißig Jahren Trainer, und ich sage Ihnen: Das ist das Fußball-Gefühl. Wir können es nicht. Für so was wie Fußball ist der Mensch einfach nicht geschaffen. Ein Fußballer ist zum Scheitern verurteilt. Und ein Fußballtrainer erst recht, wenn er seinen Leuten jahrelang – Kinder, Knaben, Schüler, Jugend, Junioren, bis Männer – etwas beibringen will, was sie nie können, weil sie es nie können können.

Nur begriffen hats noch keiner. Weil – es ist doch gang und gäbe, dass wir immer Dinge versuchen, die wir sowieso nicht können. Wir finden es doch alle völlig normal, uns mit den vergeblichsten Dingen zu befassen – stundenlang, monatelang, ein Leben lang! Es gibt zig Millionen Computer, davor sitzen zig Millionen Menschen, und alle stöhnen: Was hat er denn jetzt? Spinnt der? Wieso macht der das nicht? Diese Schrottfirmen verkaufen von vornherein Schrottkisten, die nicht funktionieren. Nach dem Motto: Die Schwachstellen findet der Kunde. Aber anstatt diesen Computerheinis ihren unausgegorenen Mist um die Ohren zu hauen, setzen wir uns hin und versuchen, die Chose zum Laufen zu bringen, obwohl wir genau wissen, dass wir es nicht können. Und so vergeht der Nachmittag und der halbe Abend. Oder Sie versuchen monatelang, die Börse zu ergründen, und wenn Sie es weit bringen, dann sind Sie ein Börsenguru – aber trotzdem macht die Börse immer, was sie will, und nie, was Sie vielleicht glauben. Oder Sie versuchen ein Leben lang abzunehmen. Ach! So viele Bücher, so viele Zeitschriften, Kuren, Medikamente, Sportgeräte – und so viele Dicke! Ananas-Diät, Frühlings-Diät, Spargel-Diät, Nulldiät, Saft-Diät, Herbalife, Trennkost, Sauerkraut-Diät. Nach jeder Diät haben Sie zwei Kilo mehr drauf. Sinnlos! – Es ist vergeblich, aber Sie versuchen es trotzdem. Da hätten Sie auch Fußballer werden können. Das ist es nämlich, was wir dem Fußball zu verdanken haben: Wir verlangen von uns ständig das, was wir nicht können. Wir sind völlig abgestumpft gegen das Vergebliche. Nur wegen Fußball!

Denn rein von der Evolution her kamen wir von den Bäumen runter, nahmen die Füße zum Laufen, die Hände für alles übrige, Töpfern, Mozart, Beethoven – wir wussten, wie wir klarkommen in der Welt. Die großen Tragödien waren Kriege, Seuchen und Naturkatastrophen. Bis 1867. Da haben wir plötzlich angefangen, Fußball zu spielen. Das sah alles ganz harmlos aus. Die ersten Zeitungsberichte kann sich jeder vorstellen: »Auf einer Wiese in Dartsworth haben sich am Sonntagnachmittag ungefähr zwei Dutzend Männer zu einer sonderbare Betätigung verabredet: In zwei Mannschaften aufgeteilt, versuchten sie bis zur völligen Erschöpfung, einen Ball durch in entgegengesetzter Richtung aufgestellte Tore zu befördern, wozu jedoch ausschließlich die Füße eingesetzt werden durften. Die öffentliche Ordnung wurde nicht gefährdet, und so sah die herbeigerufene Polizei keinen Grund, das Treiben zu unterbinden.« Irrtum! Die hätten alle erschossen werden müssen! Die öffentliche Ordnung wurde auf das Äußerste gefährdet! Gefährdet? Sie wurde komplett zerschlagen. Denken Sie nur an die Zuschauer. Die fanden das am Anfang noch komisch. Haha, werden die gerufen haben, die spielen den Ball mit den Füßen statt mit den Händen. Haha, die spielen den Ball mit viel Bums und wenig Präzision. Die Bälle fliegen weit, weit, weit ... am Tor vorbei. Die ersten Zuschauer sind gekommen, um sich ein abnormes Spiel anzuschauen. Aber wer mit Fußball aufgewachsen ist, wer also quasi ins Perversenhafte hineingeboren wurde, will ich mal sagen – der hatte doch überhaupt keine Chance mehr, das abnorm zu finden. Und wer das nicht abnorm findet, der findet gar nichts abnorm. Ist ne Tatsache! Und ob das ne Tatsache ist! Dann reden wir mal von den Tatsachen! Wenn eine Concorde abschmiert, dann sag ich nur: Siehste. Wir als Menschen, wir haben nichts da oben zu suchen, schon gar nicht mit Überschallgeschwindigkeit. Oder wenn ein U-Boot mit hundert Kameraden absäuft – genau dasselbe. Eine Hundertschaft Matrosen hat nichts auf dem Boden des Meeres verloren. Und mit den Genen, das gibt erst ein Theater. Da forschen sie ja wie die Blöden. Soll gut sein gegen Krankheiten, Alzheimer und so weiter. Aber wenn wir nicht mehr krank werden, was bremst uns denn überhaupt noch, als Menschheit jetzt, das Übrige zur Sau zu machen? Keinen juckts, keiner ruft Abpfiff! – ist ganz normal, wenn ein Flugzeug abstürzt oder ein U-Boot absäuft. Dann fragt man nach den Ursachen, und es heißt, es war was am Triebwerk oder ein Feuer an Bord – aber die Ursache ist Fußball. Denn seit Fußball machen wir das, was wir nicht können. Und zwar mit viel Bums und wenig Augen. Das ist das Fußball-Gefühl. Seit 1867 hat es die Welt verändert, und es wird uns den Untergang bringen. Jawohl, den Untergang!

Das mit der Natur, das ist ewig. Die Natur ist so scheißewig und so groß.

Ein starker Regen setzt ein.

Man müsste alle Bälle erstechen, die Stadien planieren und die Torpfosten schreddern. Die Netze zerfetzen, dass nur noch die Knoten übrig bleiben. Im Fernsehen dürften nur noch Tierfilme kommen und keine Fußballübertragungen. Die Reporter müssten Marktschreier werden und die Spieler ...

Für meine Spieler hab ich was übrig. So einen Spieler aufzubauen, das ist schon was. Kinder, Knaben, Schüler, Jugend, Junioren – bis Männer. Der Heiko kam in die Mannschaft mit neun, also Knaben. So lange kenn ich den Heiko. Absolut zuverlässig als Manndecker. Wenn ich dem gesagt habe, bleib an dem Zehner dran – dann blieb der da auch dran. Und der Zehner kam nicht durch, um keinen Preis. Einmal, ich glaub, es war Schüler, als Heiko Schüler war, da lief einer allein aufs leere Tor zu, war durch. Hab ich gedacht *brüllt* Haun um! *normal* Und Heiko hatn umgehaun. Gab Rot, klar – aber ich dachte, so ist der Heiko. Ne treue Seele. Immer zum Training ist er gekommen, bei Wind und Wetter. Ich hab ihn bei der Jugend zum Kapitän gemacht, und dann blieb er es auch, bis zur Einberufung. Es gab lange Diskussionen: ob er anderthalb Jahre geht oder drei. Jeder Trainer will natürlich, dass sein Spieler nach anderthalb Jahren wiederkommt, aber bei drei Jahren, als Unteroffizier, da hat man doch Verantwortung, da lernt man doch, sich durchzusetzen! Als Unteroffizier muss man auch mal brüllen. Und das war das einzige, was der Heiko nicht konnte, nicht wahr. Er war jetzt nicht der Typ, der heimlich Gedichte schreibt, das nicht – aber Brüllen konnte er nicht. Das war sein einziges Manko. Der ist immer ran zu den Mitspielern und hat gesagt: Deck mal den kurzen Pfosten. Dass der übern Platz brüllte: *brüllt und gestikuliert* Andi, kurzer Pfosten, ab! – *normal* das war eher mein Stil. Ich dachte, vielleicht lernt er es da. So ein Kapitän aufm Platz – der heißt nicht umsonst Kapitän. Der muss die Mannschaft motivieren, von dem hängt alles ab. Wenn der Kapitän versagt, kannste die Mannschaft vergessen. Da brauchen sie gar nicht aufzulaufen. Er war damals Junioren, als er die Musterung hatte. Wer für drei Jahre geht, kann sich aussuchen, wo er hingeht. Wer anderthalb geht, kommt als kleiner Mucker in die Pampa, nach Drögeheide. Das hieß wirklich *Dröge-heide*. Ich hab gesagt, er soll lieber drei Jahre gehen und in der Nähe bleiben, dann kann er am Wochenende aufn Platz kommen, gucken, wie die Mannschaft spielt, der Kontakt reißt nicht ab. Als Mucker in Drögeheide kommste zwei Mal im halben Jahr raus, und das wars. Aber wenn er drei Jahre geht und in der Nähe bleibt … Und bei uns in der Nähe waren eben nur die Grenztruppen.

Hat sich die Ausgänge immer so gelegt, dass er draußen war, wenn wir spielten. Spielberechtigt war er nicht, aber auf der Bank hat er trotzdem gesessen, und natürlich kam er auch mit in die Kabine. Achtundachtzig, zur EM, haben wir zusammen ein paar Spiele gesehen. Als die Holländer den Westen noch mal so richtig aufmischten. Da hat der Heiko bei mir zu Hause aufm Sofa gesessen. Hatte Sonderurlaub. Und wie der Jürgen Kohler den van Basten von den Beinen holte, hat er mir gesagt: Trainer, ich hab einen umgehaun. Das hatte ich mir schon gedacht. Gab ja nicht viele Gründe für Sonderurlaub. Heiko, hab ich zu ihm gesagt, wir haben uns diese Welt nicht ausgesucht. Ist nicht deine Schuld und auch nicht meine, dass die Welt so ist. Was solls – der erste war er nicht, und der letzte auch nicht.

Und damit war die Sache für mich erledigt. Was soll ich denn mit nem Käptn, der stets und ständig an sich zweifelt. Fürn Heiko wars auch gut, dass er sich mal ausgesprochen hatte. Als Trainer muss man doch da sein für seine Jungs, wenn die was auf dem Herzen haben.

Die ganze Scheiße fing erst an, als die Mauer gefallen war. Für Heiko war das mit dem Mauerfall ... Da macht er einen um an der Grenze, und ein Jahr später ist es vorbei – das ist doch nix. Wenn sie stehengeblieben wäre, immer noch – dann gut. Aber so schnell danach. Von mir aus war das nicht nötig. Mir hat bis heute noch keiner erklärt, was ich in Italien soll, allein. Ich kann auch drauf verzichten, nach England zu fahren und mich mit Links- oder Rechtsverkehr durcheinanderbringen zu lassen. Na ja, wenn sie meinen – aber fürn Heiko war das nicht gut.

Und eines Tages fällt denen ein, ihn anzuklagen. In Berlin. Ich hatte endlich die Mannschaft wieder zusammen, wir hatten eine Super-Saison. Und wenn wir das letzte Spiel nicht verlieren, würden wir aufsteigen. Ganz klare Ausgangssituation. Das Spiel wurde auf nen Dienstag verlegt, weil der Schiedsrichter – ah, das hab ich ja schon erzählt. Und ausgerechnet an diesem Dienstag ist der letzte Tag vom Prozess. Ich hab den Heiko gefragt, ob er das auch schafft zum Anpfiff, und das konnt er mir nicht sagen. Ob er unbedingt hin muss, hab ich ihn gefragt – er wird *hier* gebraucht. Es war der letzte Tag, der mit den Plädoyers, und wo man gefragt wird, ob man noch was sagen will, und wo man sagen muss, das es einem leid tut. Klar, da musste er da sein, was macht das für einen Eindruck, wenn der Angeklagte am letzten Tag fehlt. Das Urteil steht ja da noch nicht fest, angeblich, im sogenannten Rechtsstaat, und deshalb hab ich den Heiko schon verstanden. Also gut, hab ich gesagt, ich fahr dich. Hundertsiebzig Kilometer. Ich bring dich direkt ausm Gerichtssaal aufn Platz. Die Klamotten tun wir hinten rein, umziehen kannste dich unterwegs. Als Trainer muss man das machen, weil der Heiko in der Abwehr, der ist einfach ne sichere Nummer, den brauch ich in einem Spiel, das wir nicht verlieren dürfen.

Auf die Art war ich am letzten Tag dabei und hab das alles gesehen. Die Richterin, die keine Ahnung hatte, sich aber total unparteiisch geben musste, natürlich, und die ganzen Presseleute – ich bin kaum reingekommen, ich als Trainer, der den Heiko schon kennt von Kindesbeinen an! Heiko hat sich gefühlt, als hätt er das Verbrechen des Jahrhunderts begangen. Da bin ich aufgestanden in diesem Affenzirkus und habe gesagt, dass ich den Heiko kenne, seit er mit neun in die Mannschaft kam, dass ich sein Trainer bin und dass ich hiermit unter Eid aussage, dass der Heiko einfach ne andere Beziehung hat zu Autoritäten; der macht, was man ihm sagt und fragt nicht und diskutiert nicht herum – aber diese Richterin, die keine Ahnung hat – ich sag nur Vergatterung –, diese Richterin wollte mich unterbrechen, aber ich hab mich nicht unterbrechen lassen, sondern hab noch gesagt, dass der Heiko das nicht von sich aus gemacht hat, sondern weils andere wollten – das hab ich alles gesagt! –, und daraufhin hat sie mich rausschmeißen lassen. »Und so was ist nun Gerechtigkeit!«, sag ich. »Wollt ihr mich nicht gleich mit anklagen? Da setz ich mich doch neben ihn auf die Bank, hier *er streckt die Hände vor, um sich Handschellen anlegen zu lassen*, das macht mir doch gar nichts!« Die Schöffen mussten so tun, als hätte ich gar nichts gesagt, also die mussten in ihrem Gehirn löschen, was ich gesagt habe. Okay, was solls. Ich hab mich dann ruhig verhalten, ich wollt ja auch, dass die fertig werden da drin. Und wies zu Ende war, sind die ganzen Reporter los auf den Heiko. Der war schon froh, dass ich da war. Aber trotzdem war er psychologisch angeknackst. Ich versteh was von Psychologie, als Trainer muss man sich mit Psychologie absolut auskennen, sonst braucht man gar nicht erst anzufangen. Im Auto haben wir wenig gesprochen. Ich wollt wissen, ob der andere, der ... ob der Sport gemacht hat. Ja, sagt Heiko, Kraftsport. Kraftsport! Ist doch wirklich die idiotischste Sportart. Das passt prima zusammen – Kraftsport, und dann auf die Grenze losrennen.

Wir haben es geschafft zum Anpfiff, rechtzeitig, aber er war psychologisch angeknackst. Der Gegner, das war n sogenannter Frühstücksgegner – aber an dem Tag liefs nicht. Heiko spielte wie mit ner Kugel am Bein. Drei Minuten vorm Abpfiff stehts zweizwei, und plötzlich sind die durch, rennen aufs Tor zu, die Abwehr – offen. Nur noch der Torwart – und Heiko. Der kommt an Heiko vorbei, Heiko ihm nach, und ich denke: *brüllt* Heiko, haun um! *normal* Nicht nur gedacht. Ich hab gebrüllt: Heiko, haun um! – Hätte Freistoß gegeben und natürlich für Heiko die Rote Karte, aber die letzten drei Minuten wären wir auch zu zehnt über die Zeit gekommen. Ich war wirklich laut genug, er hat mich gehört, er hat mich immer gehört – aber er hats nicht gemacht. Der schiebt uns das Ding rein, wir liegen dreizwei zurück und verlieren das Spiel. Aufstieg? Futsch. Hinterher, in der Kabine, hab ich den Heiko gefragt, warum er das nicht gemacht hat, es ging für die Mannschaft um alles, um den Aufstieg. Wir hätten in ner ganz andern Liga gespielt. So weit oben wie nie. Da fing der Heiko tatsächlich an zu heulen. Ein erwachsener Mann. Heulte wie damals mit neun.

Der Trainer steckt sich eine Zigarette an.

Heiko, hab ich gesagt, ist doch nur n Spiel. Als Trainer muss man immer die richtigen Worte finden, in jeder Situation – sonst braucht man gar nicht erst anzufangen.

Aber diese Gerichte verstehen nicht das Mindeste von einer Spielerpersönlichkeit, an der ein Trainer jahrzehntelang gearbeitet hat. Zwei Jahre auf Bewährung hat er gekriegt. Bewährung! Gespielt hat er, als ob er abgeht, wenn er mal gelb sieht. War nicht mehr der Alte. War nicht mehr der Alte. Hatte keinen Sinn mehr.

Aber es kommen ja neue. *Kindergeschrei, das lauter wird* Die Bayern haben die Champions League gewonnen. Das machste psychologisch, die Begeisterung musst du nutzen, die Sache musst du am Kochen lassen. Mit der Mannschaft wächst du mit, da bleibst du dran …

Das anschwellende Kindergeschrei übertönt seine Worte. Der Trainer pfeift in seine Trillerpfeife und verschafft sich damit Gehör. Er wendet sich an die Kinder.

Männer! Fußball ist alles!

Mats Hummels auf Parship
Ein Monolog

Die Zuschauer nehmen Platz im Vereinsheim des SV Börde, eines Provinz-Fußballclubs. Schon beim Einlass läuft auf einer Leinwand (ohne Ton) die Live-Vorberichterstattung zum WM-Spiel (Studiogespräch, Werbung usw.), und auch der TRAINER (ein Mittfünfziger) ist bereits präsent, hinter dem Tresen, wo er sich eine ganze Weile zu schaffen macht (Gläser polieren, undefinierbare Aufräumarbeiten unterhalb des Spülbeckens, u. Ä.). Ziemlich lange und offensichtlich erfolglos ist er mit dem Kartenlesegerät zugange. Dass sich das Vereinsheim füllt, nimmt er gelangweilt zur Kenntnis.

Ein Lichtwechsel markiert den Aufführungsbeginn etwa in dem Moment, wenn die Fernsehbilder die ersten Spieler im Spielertunnel zeigen. Der Trainer fühlt sich nunmehr bemüßigt, etwas klarzustellen.

Wenn ihr wegen Ralle hier seid – der kommt nicht. Corona ist nicht der Grund. Ich sag heut sowieso kein Wort über Corona! Nee, Ralle ist von der Leiter gefallen, beim Beamer-an-die-Decke-Schrauben. Deshalb steht das Ding *(der Beamer)* jetzt hier *(auf dem Tresen)* und unsereiner hier, als Ralles Vertretung. Wunsch vom Vorstand. Sonst bin ich ja Trainer. – Ralle, was hastn eingekauft? *öffnet die Tiefkühltruhe, checkt Inhalt* Pizza Salami. Pizza Hawaii. Aha. So schätzt der euch ein. Ich hab euch hier noch nie gesehen. Ihr seid eher so Leute, die ins Theater gehen. Vegetarier? Kartenleser funktioniert übrigens nicht, und Bargeld mach ich nicht. Da wirds schwierig mit dem Bestellen. *tut so, als ob er überlegt* Ich hab ne Idee. Zur zweiten Halbzeit mach ich hier zu, und ihr sucht euch was in der Gegend. Im Dönerpalast hängt auch n Fernseher. Diese Fußball-WM geht mir sowieso komplett am Allerwertesten vorbei. In der Wüste! In klimatisierten Stadien! *schaut auf die Leinwand, wo die Spieler gerade auf den Rasen laufen.* Ton lassen wir mal lieber weg. Nicht dass wir das von ner Frau kommentiert kriegen. Ich hab nichts gegen Frauen. Aber – es fühlt sich nicht richtig an. Da kann sie überhaupt nichts dafür. Nur damit wir uns richtig verstehen: Frauen kommentieren nicht schlechter als Männer. Aber nur weil irgendeiner mal sagte: Frauen müssen Fußball kommentieren, hör ich mir das deswegen doch nicht an! Auf solche Ideen kommen nur Wessis. Okay! Du kannst ne Frau Fußball kommentieren lassen. Du kannst auch ne Fußball-WM in der Vorweihnachtszeit veranstalten. Oder Ananas auf ne Pizza legen. Geht alles.

Ist Ihnen aufgefallen, dass ich Weihnachten gesagt habe? Obwohl das Wort neuerdings aufm Index steht, von der EU aus. Die EU-Gleichstellungstante will nicht, dass wir weiter Weihnachten sagen, weil die, die nicht Weihnachten feiern, sich dann ausgeschlossen fühlen. Du musst heutzutage nur Weihnachten sagen und bist schon n Dissident!

Während der Hymnen, die wir nicht hören, fährt die Kamera die Gesichter der Spieler ab. Der Trainer wirft immer mal einen Blick auf den Bildschirm.

Ah, die Hymnen, wo Kommentatoren Klappe halten müssen. Die sagen ohnehin am liebsten zusammengegoogeltes Zeug. Dass derundder soundsoviel Laufduelle. Aber unsereiner kann mit Sachen um die Ecke kommen, die nicht mal Google weiß.

Wenn du googelst: Was fühlt ein Spieler während der Hymne?, sagt dir Google alles Mögliche. Aber nicht die richtige Antwort: Angst. Was ab jetzt passiert, weiß keiner. Machst du ein Eigentor? Vergibst du ne Tausendprozentige? Verschießt du nen Elfmeter? Spielst den tödlichen Rückpass? Die Blamage, und dass die ganze Welt zuschaut, ist noch das Wenigste. Auf dich kommen Schmerzen zu. Wenn du mit wem zusammenrasselst, bleibst *du* vielleicht liegen. Du hältst die blanken Knochen hin, neunzig Minuten lang. Du machst dich total alle. Irgendwann gehts mit den Krämpfen los. Nen blutigen Turban haben die auch alle schon mal gesehen. Die bei der Hymne immer am wildesten mitsingen, sind die Italiener. Da heißt es am Schluss, und das kannst du googeln: »Wir sind zum Sterben bereit.« Als ob die gleich ... Über Corona will ich ja nicht reden ... *sucht passenden Vergleich* Als ob die gleich ausm Schützengraben kriechen.

Das Spiel hat inzwischen begonnen. Der Trainer schaut mit einem Auge auf das laufende Spiel, und wenn es sich anbietet, kommentiert er das Spielgeschehen, tlw. Improvisation.

Was die Schmerzen angeht, hab ich meinen Jungs immer gesagt: Wenns weh tut, den Schmerz rauslaufen. Raus*spielen*. Jammern machts nur schlimmer. Ein Trainer muss ja alles Mögliche wissen. Und können. Und das Wichtigste ist? Was ist das Wichtigste, was ein Trainer können muss?

Improvisation: Der Trainer schreit – vollkommen überraschend für das Publikum – eine taktische Anweisung, nur zwei, drei Worte, und setzt damit einen martialischen Kontrast zum bisherigen plaudernd-dozierenden Tonfall. Um gleich danach in den bisherigen Ton zurückzufallen.

Ein Trainer muss brüllen können. Ich übrigens brülle nicht. Es sieht aus wie Brüllen, aber in Wirklichkeit ist es Denken, und zwar sehr leidenschaftliches Denken. Das Brüllen geht ganz von allein, das ist Reflex, Fleisch und Blut sozusagen. *ggf. improvisierte zweite Kostprobe, als eine Art »Beweis« für die Fleisch-und-Blut-Aussage* Gibt auch Trainer, die brüllen nur in der Kabine. Aber über Kabinenbrüller lacht n Platzbrüller wie unsereiner nur. Der Platzbrüller brüllt auf der richtigen Bühne, der Kabinenbrüller in der Garderobe. Aber hätte Goethe gewollt, dass Hamlet in der Garderobe brüllt? *jemand »aus dem Publikum« (Souffleuse) korrigiert: »Sie meinen Faust!«, worauf sich der Trainer verbessert* Hätte Faust gewollt, dass Hamlet in der Garderobe brüllt? – Ist mir doch klar, ihr Theatergänger haltet mich für beschränkt. Wer jahrelang im Männerrudel in kurzen Hosen hinterm Ball herrennt, kennt den Unterschied zwischen Goethe und Sch … akespeare nicht. *kommentiert einen fallenden Spieler* Hoppla! Zum Stolpern brauchst du nichts außer deinen Füßen. Sagte wer? Kleist. – Ihr habt Bücher, ich hab Fußball. Na und? Ihr rennt ins Theater, ich ins Stadion. Ein Stück von Shakespeare ist immer gleich, aber ein Fußballspiel ist immer anders. – Nein? Zumindest müsst ihr zugeben: Der Fußball hat was, was das Theater nicht hat. Und auch alles Übrige nicht. Es gibt ein Fußball-Gefühl, und das nutzt sich einfach nicht ab.

Es ist nämlich so, wenn der Ball rollt, kommt das restliche Leben komplett zum Erliegen. Alle wollen Fußball. Aber warum ist das so? Warum kommt nicht so ein Erfinder-Genie und Geldscheffel-Genie wie dieser Tesla-Typ, und sagt: O, so was will ich auch! Paar Leute, Wiese, Ball ... hex, hex! – und schon klingelt die Kasse. Oder diese Wüstenscheichs. Die kriegen es nicht nur hin, den Weltfußballverband zu »überzeugen« *Korruptionsgeste*, dass die WM ne Hure ist, die du auch in der Wüste und in der Weihnachtszeit aufn Strich schicken kannst, diese Scheichs erfinden und bauen auch das Wegwerfstadion, zum einmaligen Gebrauch. Warum lassen die sich für ihr Geld nicht was erfinden, das genau so populär wird wie Fußball, und verdienen sich damit dumm und dusselig? Oder China. Will Weltmacht sein, aber so lange denen mit nem Ball nur Tischtennis einfällt, nehm ich die nicht ernst. Der Fußball hat was, da kommst du nicht ran, nicht als Erfinder-Genie, nicht als geldscheißender Wüstenscheich, nicht als Möchtegern-Weltmacht mit Atomraketen. Fußball, also das Fußball-Gefühl, ist nämlich nicht so einfach, wie es aussieht!

Die drei Geheimnisse des Fußball-Gefühls kann man nicht googeln. Aber hier *im Kopf* sind sie drin. *zeigt mit den Fingern* DREI Geheimnisse. Fußball ist ja nicht das einzige Spiel, wo was mit Ball und Mannschaft, gibt ja auch Basketball, Rugby, Handball, Volleyball, Hockey, und, und, und. Aber nur Fußball *zählt an den Fingern ab: Geheimnis Eins* ist ein Spiel fürs Auge. Du siehst, wie der Ball läuft, und wenns spannend wird, dann kriegst du das auch mit. Nicht so wie beim Eishockey, wo kein Mensch sieht, wie ein Tor fällt. Wenn die Spieler die Arme hochreißen, weiß der Zuschauer: Oh, da wird wohl ein Tor gefallen sein. Wie idiotisch, ein Spiel mit diesem viel zu kleinen Puck ist doch nix fürs Auge. Ein Ball, ein Fußball – das ist was fürs Auge.

Außerdem *Geheimnis Nummer Zwei* ist ein Fußballspiel spannend. Die Leute gehen zum Fußball, weil sie wissen wollen, wie es ausgeht. Sagte wer? Herberger. Kein Mensch kommt auf die Idee, zu sagen, die Leute gehen ins Theater, weil sie wissen wollen, wie es ausgeht. Theater ist *nicht* spannend. Obendrein ist Fußball *auf eine ganz eigene Art* spannend. Ich hab mal über ner Kneipe gewohnt. Ich hatte Kabel, die Kneipe Satellit oder Antenne, jedenfalls hatte der sein Signal fünf Sekunden früher. Der hatte Anpfiff, ich musste noch fünf Sekunden warten. Plötzlich höre ich, wie die Kneipe aufwacht. Keine Ahnung warum. Ist doch Abstoß, ganz entspannt. Aber nee! Fehlpass vom Torhüter, Gegenspieler blank – und dass der verschießt, wusste ich, weil die Kneipe unter mir inzwischen schon »Oouu …!« gemacht hatte. – Später schrie die ganze Kneipe »Tor!« Wie denn? – Ach so: Flanke, Kopf – drin. Und so weiter, das ganze Spiel. Verstehste: Beim Fußball baut sich eine Situation nicht auf, sondern das Glück fällt dir vor die Füße. Die Methode »Unverhofft kommt oft« ist die Idee vom Fußball. Dagegen Volleyball: Da kommt die Aufgabe, dann Stoppen, Zuspiel, Schmettern. Bäh, bäh, bäh. Bäh, bäh, bäh. Programmierte Langeweile. Ein Spiel wie das andere. Beim Handball genau so: Wenn einer wirft, wird es Tor oder nicht – und das ist ein Problem! Beim Handball fallen zu viele Tore, vom Basketball ganz zu schweigen – aber beim Fußball stellt ein einziges Tor alles auf den Kopf. Es steht zweizwei, drei Minuten werden nachgespielt, und dann fällt ein Tor – überleg mal! Beim Handball ist es scheißegal, ob ein Tor fällt oder nicht. Wenn die eins werfen, werfen wir eben auch eins, und wenn nicht, haben wir den Sieg nicht verdient – fertig.

Und dann ist noch ein einfacher Grund: *Geheimnis Nummer Drei* Die Regeln. Es ist wichtig, dass man von einem Spiel die Regeln versteht. Wenn man nicht versteht, was läuft, ist es auch nicht spannend. Fußball ist so einfach, dass es ein Sechsjähriger kapiert. Wenn im Stadion einer aus Amerika neben dir sitzt, musst du ihm nur erklären, warum der Schiedsrichter pfeift, damit der die Fußballregeln begreift. Aber umgekehrt klappt das nicht: Was bei denen der Nationalsport ist, Baseball – da verstehst du die Regeln nicht vom Zugucken. Es kann dir auch kein Amerikaner die Regeln erklären, weil die selber die Regeln nicht verstehen. Kein einziger! Nicht mal der Präsident. Aber wenn die nicht mal die Regeln von ihrem Nationalsport verstehen – was haben die dann überhaupt für ein Verhältnis zu Regeln? Ich sags euch: *imitiert Trump* »Ich akzeptiere das Wahlergebnis, wenn ich gewinne.« Dafür kann der nichts. Der ist mit Baseball aufgewachsen, und so was kommt dabei raus.

Unsereiner ist mit Fußball aufgewachsen. Der Urknall war das Sparwassertor. Damals sind ja alle DDR-Vereine gestürmt worden von Jungs, die der nächste Sparwasser sein wollten. Sparwasser? Kann man googeln. In der Börde sind die Vereine am wildesten gestürmt worden, denn Sparwasser spielte bei Magdeburg. Wie ich auf die Börde komme? Weil ich von da her bin. Noch nie von der Börde gehört? Echt? Wir sind die mit den fettesten Böden Europas. Wer unseren Boden in die Hand nimmt, vergisst es nie. Schwarz vom Humus, schwer vom Lehm, viel Löß und Wasser. So muss n Boden sein. Ich hab letztens geträumt, dass n Privatflieger vor meinem Haus landet. So n Scheich steigt aus, klopft sich die Wüste aus seinem Kaftan und kommt rüber. Ich so: Salam, und er: Mein Freund! Du bist doch hier der Landrat! Ich: ??? Und er: Ich hab eine Million fleißige Pakistanis mit Schippen und eine Million Container. Du gibst mir euren Boden, und ich geb dir meine WM. Und ich hab zu ihm gesagt, im Traum: Davon träumste! Deine WM kannste behalten. Dann hab ich ihm nen Buddeleimer mit Bördeboden gegeben, als Souvenir – man ist ja n höflicher Mensch –, er ist wieder weggeflogen. Ja, so was träumst du als Bördemensch. So n Boden wie bei uns gibts nirgends.

Bei uns wächst alles: So ne Zuckerrüben, so hoher Weizen, so ne Kartoffeln, so Zwiebeln, so Kohl. Was da früher alles los musste, um das von den Feldern zu holen. Eine Armada von Mähdreschern und Traktoren und Kombinen ... Allein der Maschinenpark ein Riesenbetrieb. Hieß »Tatkraft Börde«, und der Fußballverein von denen hieß »BSG Tatkraft Börde«. Mein Verein seit dem Sparwassertor. Und meine Bude seit meinem Sechzehnten. Landmaschinenschlosser. Das wurde zur Wende alles abgewickelt. Erst der Kindergarten, dann die Lehrausbildung, dann der Sportverein. Dann der Rest der Bude. – Unsereiner machte erst mal einen auf Sportlehrer, Grundschule, quereinsteigermäßig. Ging super. Bis heut hab ich nicht begriffen, wozu man das studieren muss. Musst nur drei Regeln kennen. Regel Nummer eins: Mit gutem Beispiel voran. Regel Nummer zwei: Loben! Regel Nummer drei: Immer an Regel Nummer eins und zwei denken. An der Schule war nix los, und zwar an *allen* Schulen. Die Betriebe machten nach und nach dicht, und wer jung war, ging in den Westen. Also auch Familien mit Schulkindern. Ich hab aber weiter Fußball gespielt, der Verein hieß jetzt SV Börde, und am 12. Oktober 1997, Pokalspiel, ich bin durch, aufs Tor zu, Torhüter mir entgegen, dessen Trainer, Platzbrüller – »Haun weg!« – und der springt mir mit der Sohle voran ins Knie. Okay, dass du Sternchen siehst, passiert in jedem zweiten Spiel. Aber das Geräusch war neu. Und eklig. Nach zwei Operationen und nem halben Jahr Reha war klar: Das wars mitm Fußball, und das wars auch als Sportlehrer. Hatte zum Glück ne Unfallversicherung! Aber die meinte, Tätlichkeiten sind nicht abgedeckt. Ist n Fall für die BU, also die Berufsunfähigkeitsversicherung. Hatte ich natürlich nicht. Kennt jeder. Gegen alles versichert – außer gegen das, was passiert.

Also war die Zeit reif für meine Erfahrung mitm Rechtsstaat. Da müssen wir alle mal durch. Rechtsanwalt genommen, Torhüter und Trainer wegen gemeinschaftlicher schwerer Körperverletzung angezeigt und auf Schadenersatz geklagt. Prozess. Der Torhüter sagt, was der Trainer sagt, muss er machen. Befehlsnotstand. Der Trainer sagt, das Ganze war ein Missverständnis; sein »Haun weg!« bezog sich auf den Ball. Und die Richterin? Wies die Klage ab, was denn sonst. Wir leben schließlich im Rechtsstaat. Wenn ich die Anweisung des Trainers gehört habe, steht in der Urteilsbegründung, hätte ich mich gegen den Angriff »schützen« können und hätte ihn »nicht einfach geschehen lassen müssen«. Abgesehen davon sind Verletzungen »dem Fußballgeschehen immanent«. Auf gut Deutsch war gemeint: Irgendeinen trifft's immer, und diesmal hast *du* eben Pech gehabt.

Ex-Fußballer kommen im Leben klar. Ex-Tennisspieler nicht so. Fußballer sind es gewohnt, dass man für den Erfolg lange braucht. Sind es gewohnt, es immer wieder zu versuchen, sind gewohnt, dass das ganze Spiel, abgesehen von den wenigen Toren, ein einziger ewiger Misserfolg ist. Da hast du ne ganz andere Mentalität. Ein Tennisspieler kann nur den *(imitiert einen Gewalt-Aufschlag, dann Becker-Faust)*, und glaubt, so gehts. Da sind Fußballer ausm andern Holz geschnitzt. Der Ex-Fußballer kann damit umgehen, wenns im Leben nicht so läuft *Gewalt-Aufschlag, Becker-Faust*. Und so läufts im Leben nun mal nicht.

Sportlehrer war nicht mehr, und Fußball ging nur noch als Trainer. Ich war der Trainer mit mit dem steifen Knie. Kam mir wie ein abschreckendes Beispiel vor, als Sportinvalide, Fußballkrüppel. Schon nach der Reha waren zehn Kilo mehr drauf. Und wenn du nur rumsitzt – findest ja nichts als invalider Landmaschinenschlosser – hast du gleich noch mal zehn Kilo mehr. Mehr aus Langeweile hat unsereiner dann dem Wessi, der meine Eltern enteignet hat – lange Geschichte: Erbe vom Alteigentümer, Rückgabe vor Entschädigung, Rechtsstaat, ihr wisst schon – also ich hab dem die Fassade verfugt. An dem Haus, das eben noch meinen Eltern gehörte. Der Wessi-Erbe fand keinen Verfuger, und ich fand keinen Job mit meinem Knie. Ich so: Stunde für fünfundzwanzig Mark, oder alles für dreitausend pauschal? Der Wessi-Erbe hat Stundenlohn gesagt, also hab ichs gründlich gemacht – und so sinds für mich am Ende sechse geworden. Das war ein Gefühl wie ... Weihnachten! Verstehste, mit Hilfe von Gesetzen, Ämtern, Gerichten hat der sich zwar das Haus untern Nagel gerissen, in dem ich aufgewachsen bin und das ich irgendwann mal geerbt hätte, aber dann hab *ich den* abgezogen, und zwar ganz alleine, ohne Hilfe! Hätte er dreitausend gesagt, wäre ich zack-zack nach ner Woche fertig geworden. Als Verfuger arbeitest du ja immer draußen, und so hat jeder gesehen, auch die ganzen anderen Alteigentümer: Guck mal, da ist einer, der arbeitet sogar für Wessis, und wie ich rum war mit dem Haus, hatte ich die nächsten drei Anfragen. Wieder die Nummer Pauschalpreis oder Stundenlohn, und in der Nummer wurde ich immer besser. Das ist wie beim Fußball, wenn du den Ball hast und jemand stellt sich in den Weg, dann kannst du es links versuchen oder rechts versuchen, also du kannst es mit Stundenlohn oder Pauschal versuchen, und wenn du ihn nach links lockst, gehst du rechts vorbei, und wenn du ihn in die Pauschale gelockt hast, verstehste? Ich also wieder an ner Wessifassade zugange, pauschal, das heißt, zack-zack ist angesagt, als es anfängt zu regnen wie ... bei nem Spielabbruch. Ich sofort durch bis auf die Haut, und von nebenan ne Frauenstimme: Hallo, wollnse nicht ins Trockene? Gibt mir n Handtuch, n Tee ... Das war die Mona. Als es aufhörte zu schütten, bin ich nicht gleich wieder raus, obwohl eigentlich zack-zack angesagt war. Da war nichts zack-zack. Wir haben uns ja richtig kennengelernt, im echten Leben, so mit: Du bist ja klatschnass, Wollen wir die nicht erst mal trocknen, Ich hab hier noch ne Jogginghose, Was sagtn dein Wessimann, wenn der uns so sieht, Ach, solange der uns nicht im Schlafzimmer erwischt ... So ne Kennenlern-Geschichten ausm echten Leben hat ja heutzutage niemand mehr; »Ich parshippe jetzt« ist angesagt.

Damals ist unsereiner mit nem Trabi zu den Baustellen. Mehr so aus folkloristischen Gründen, für die Wessi-Auftraggeber. Aber mit nem Trabi ne Affäre zu beginnen ... Der Trabi war inzwischen ein auffälliges Auto, verstehste.

Der Wessimann hat uns übrigens nie im Schlafzimmer erwischt. Aber auf der Wohnzimmercouch. Mona ist dann zu mir, ich hatte ja auch n Häuschen, irgendwann, dank der Nummer Stundenlohn–Pauschalpreis, und weil alle weggezogen sind, war es gar nicht so schwer, was Bezahlbares zu finden, und was wir noch brauchten, konnt ich selbst hinfummeln. Ging dann auch los mit zusammen Fußball gucken. 2006, zum Sommermärchen, hab ich nen Videobeamer in den Apfelbaum gestellt und die Spiele an unsere Giebelwand geworfen. Dazu haben sich immer auch Leute am Zaun eingefunden, und wir wurden so was wie die kleinste Fanmeile Deutschlands. Tagsüber war ich verfugermäßig damals bei so nem Fernsehwessi zugange. Der hat mir jeden Tag erzählt, dass er ne Karte fürs Finale hat, und gelacht hat er dabei! *imitiert das Lachen* Das Finale 2006 war das mit dem Kopfstoß von Zidane, die Älteren werden sich erinnern. Den hatte ja nicht mal der Schiedsrichter gesehen, nur weils der Vierte Offizielle gesehen hat und der es dem Schiedsrichter sagte, kams zu der roten Karte. Plötzlich klingelt mein Telefon. Der Fernsehwessi. Ich so: Herr Vonderecken, Sie sind doch gerade im Stadion, wie isses denn so? Er: Wieso hat Zidane die Rote Karte gekriegt? Ich so: Tut mir leid, die Verbindung ist so schlecht, kann es sein, dass gerade ALLE im Stadion am Handy sind, um rauszufinden, was eben passiert ist? Dann ich so: *imitiert erneut Vondereckens Lachen* Ich könnte es Ihnen ja erzählen, aber wenn Sie mich so schlecht verstehen, wie ich Sie, hats ja keinen Sinn ... Wir haben uns totgelacht auf der kleinsten Fanmeile Deutschlands! Wer zuletzt lacht ... – Ja, Fußballgucken mit Mona: Ich will jetzt nicht sagen, dass Mona mehr Ahnung als unsereiner ... Aber ihre Tips – immer richtig. Meine – *winkt ab*. Einmal sagte sie:

Immer nur siegen wie die Bayern – wozu? Du willst dich doch an ein großes Finale oder eine große Saison noch Jahre, Jahrzehnte später erinnern – aber wenn du ständig im Finale stehst, ständig Meister wirst, dann hast du dein großes Finale oder deine große Saison gleich nach deinem nächsten großen Finale oder der nächsten großen Saison vergessen. Wie kannst du überhaupt Fan sein, wenn du nicht leidest? – Als die Bayern mal wieder einem Verein, der am Stock ging, das Supertalent weggeklau …ft haben, sagte einer von diesen Bayernhäuptlingen: Das Münchner Publikum hat ein Recht darauf, die Besten spielen zu sehen. – Diese Dauersieger-Vereine haben irgendwann keine Fans mehr, sondern nur noch Kunden. Zitat Mona.

Verschämt Wir haben sogar Frauenfußball geguckt. Aber nur ein Spiel! Irgendein WM-Spiel. Da hat die Torhüterin eine Ecke ins eigene Tor gelenkt. Ist auch mal in der Bundesliga vorgekommen. Der Torhüter wurde sofort ausgewechselt und wurde nie wieder in der Bundesliga gesehen, die WM-Torhüterin wurde nicht ausgewechselt, und so hat sies gleich noch mal gemacht, im selben Spiel. Das ist Frauenfußball. Klingt wie eine eigene Sportart. Es gibt Fechten, aber kein Frauenfechten. Es heißt Fechten, egal, ob es Männer oder Frauen betreiben. Dasselbe beim Schwimmen. Wenn das Becken voller Frauen ist, heißt es trotzdem Schwimmen, und nicht Frauenschwimmen. Aber beim Fußball: Es gibt Fußball – und Frauenfußball. Denn Frauenfußball ist wirklich eine eigene Sportart. Bei ner WM zwei Eckbälle ins eigene Tor zu lenken, gibts nur beim Frauenfußball, und alles, was ich am Fußball liebe – das Tempo, die Wucht, die Artistik –, das gibts nicht beim Frauenfußball. Mona hat mal gesagt, wer Frauenfußball guckt, der hört auch Heino, wenn er die Toten Hosen singt. Ist alles nicht das Wahre. Obwohl: Wegen der Bayern fang ich vielleicht doch noch an mit Frauenfußball. Die Leute gehen zum Fußball, weil sie nicht wissen, wies ausgeht, Herberger, aber ne Bundesligasaison ist inzwischen so offen wie ne russische Präsidentschaftswahl. *erinnert sich* Das mit Mona war Glück. Mehr nicht. Einfach nur Glück. Dass unsereiner ausgerechnet an *dem* Tag an *diesem* Haus zugange war, wo nebenan die Mona wohnte, dann dieser Regen, und dass Mona überhaupt zu Hause war ... Ganz früher war sie bei der KWV, Kommunale Wohnungsverwaltung, nach der Wende bei ner Krankenkasse, aber dann war »verschlanken« angesagt. Na ja, man hat ihr schon angesehen, dass sie kochen kann. Mona und verschlanken, das ist wie Maradona und wachsen, aber ich hab echt nicht gewusst, dass es nicht mehr »Leute entlassen« oder »abwickeln« heißt, sondern »verschlanken«. Auf die Idee muss erst mal einer kommen. Gegen »verschlanken« kann ja keiner was sagen, das klingt nach fit und gesund, Rohkost und Margarine. Ich sage jetzt nicht »geimpft und geboostert«, denn mit Corona fang ich heute nicht an. Nee, fit und gesund ist Rohkost und Margarine. An so was denkst du, wenn du »verschlanken« hörst. – Überhaupt, wie heute gesprochen wird, da kommst du nicht mehr mit, Weihnachten hin oder her. Als unsereiner das erste Mal von »Lehrer innen« hörte, dachte man: Hä, was soll n das sein, und wer sind dann die »Lehrer außen«? Dann hörst du was von »Vermieter innen« oder »Angestellt innen« und kriegst endlich mit, dass das ne neue Masche ist. Na ja. Ananas auf Pizza. Innen architekt innen. Außen minister innen. Nordpol innen und Finn innen. Verkehrsdurchsage: Auf der B12 Spurrinnen. Da wird man doch auf Dauer blöd. Mitglieder innen. Wenn das so n Mann-Frau-Ding sein soll, dann doch bitte: Liebe Mitglieder ... und Mitmösen – aber dazu haben die keinen Mumm. Denen gehts nur darum, sich für was Besseres zu halten, »sprachsensibel«, »geschlechtergerecht«. Oho! Die so sprechen, sind also besonders sensibel? Und besonders gerecht? Und die normal sprechen, so wie immer, die sich keine Ananas auf die Pizza legen, die sich erlauben, Weihnachten zu sagen, sind ungerechte Trampeltiere? Wissen Sie was? Wer sich für was Besseres hält, mit dem redet unsereiner nicht. Dem hört unsereiner auch nicht zu, und wählt ihn auch nicht. Apropos. Ihr denkt von mir: Mann mit DDR-Hintergrund, und dann noch dieses gewisse Alter, da ist doch klar, was der wählt. Ist aber nicht so. Als einer von denen gesagt hat – also einer von denen, von denen ihr glaubt, dass ich sie wähle – als einer von denen gesagt hat, dass es in Deutschland Menschen gibt, die nicht neben einem Boateng wohnen wollen, da wars aus. Unsereiner würde sich das Futter aus der Jacke reißen, um neben Boateng zu wohnen. Oder neben einem anderen Fußballprofi. Diese pauschale Fußballprofifeindlichkeit ist doch ekelhaft! Niemals wähle ich eine Partei, die Stimmung macht gegen Fußballprofis. Noch dazu gegen Boateng! Wie der 2016 das Ding noch von der Linie geholt hat, als Neuer längst geschlagen war – der hat nen Freibrief bei mir! Unsereiner würde aber auch mit Vergnügen neben jedem anderen Fußballprofi wohnen. Sogar neben einem Lothar Matthäus! Oder einem Stefan Effen ... *hält inne, überlegt kurz* Na gut, neben fast jedem. *probiert aus, wie der Satz klingt, benutzt vielleicht sogar ein metallenes Tablett als Spiegel, in den er hineinspricht* Es gibt Menschen in Deutschland, die nicht neben einem Stefan Effenberg leben wollen.

Das war übrigens gegen die Ukraine. Die Rettungstat von Boateng. Nicht der Ball landete im Netz, sondern Boateng selbst. Wenn du die Szene vor Augen hast, weißt du, warum die Ukraine deutsche Panzer will. Und sie wollen unbedingt »nach Europa«, die Ukrainer. Das erinnert unsereinen irgendwie an die Parship-Werbung. Ich parshippe jetzt, sagen immer Typen wie ... Na, Mats Hummels oder Scarlett Johansson. Wenn die Ukrainer von Europa träumen und dann nicht mehr Weihnachten sagen dürfen, dann ist das wie wenn sich ne Frau auf Parship verabredet, die von Mats Hummels träumt – aber wer lächelt sie dann an, beim Treffen im Café? Karl Lauterbach. Reingefallen! – Merken Sie was? Das Thema verfolgt mich. Ich dachte, ich kann ihm entkommen, aber es kommt immer wieder. Es läuft mir nach!

Also stellt er sich dem Thema.

Unsereiner ist ja nicht geimpft. Lieber fang ich mir das Virus ein, als mich verarschen zu lassen. Eh, sie haben uns erst gesagt, Masken bringen nichts, aber als sie gemerkt haben, dass man mit Maskendeals hübsch was auf die Seite schaffen kann, wurde uns ne Maskenpflicht verpasst. Trotzdem sind die Zahlen hoch. Dann gabs plötzlich die Impfung. Aber impfen lassen konntest du dich nicht. Und als unsereiner dann gekonnt hätte, hieß es: Oh, Impfwirkung lässt irgendwann nach, man kann sich ja doch anstecken, man kann andere anstecken, aber lasst euch trotzdem impfen, denn irgendeiner hat fest eingeplant, damit aber so richtig was zu verdienen, und dabei solls auch bleiben ... Die Impfungen, liebes Volk, sind seeehr nützlich. Fragt sich nur, für wen. Neuerdings gibts Biologen, die verdienen mehr als jeder Fußballer! *Nicht zu fassen!* Wer so viel verdient, der kriegt auch die Botschaft breitgelatscht, dass Impfungen toll sind. Man hat mir auch erzählt, der Rechtsstaat ist toll. Oder ne Unfallversicherung – ganz toll für mich. Oder der Euro ist ach so toll für uns alle – und nach zehn Jahren finden wir raus, dass der Euro am allertollsten ist, um die Schulden von andern zu bezahlen. Weils um Geld geht: Ich hatte nen Sparkassenberater, der hat mir Prospekte gezeigt, schicke Wolkenkratzer im Sonnenuntergang, und hat gesagt, China ist ja so toll, das boomt wie Hölle, und der hatte so n tick-tick-tick-Ding auf seinem Schreibtisch stehen, hier fliegt die Kugel gegen, und da fliegt sie weg, und wie ich unterschreib, flog hier mein Geld rein, und da flog es weg ... Da kannst du nichts machen, denn sie lassen dich vorher was unterschreiben, sinngemäß: Wenn was Unvorhergesehenes passiert – dein Problem. Wer sich impfen lässt, muss vorher auch was unterschreiben. Da bleibt unsereiner lieber ungeimpft. Ich lass mir von denen nichts mehr andrehen. Ich vertraue meinem Körper mehr als den Gerichten oder den Versicherungen, der Politik und den Banken, die unsereinen nur von früh bis spät verarschen und unsereinen unterschreiben lassen, dass dus nicht anders gewollt hast. Mit denen bin ich durch. Von denen nehm ich nichts mehr. Können ihre China-Wolkenkratzer, ihre Impfungen, ihren Rechtsstaat behalten. Im letzten Herbst haben sie gesagt: Entweder du lässt dich impfen – oder du kriegst das Virus. Dann krieg ichs eben! Muss ja nichts heißen. So, wie Elfmeter verschossen werden, gibts auch symptomlose Verläufe.

Du musstest dich ja für jeden Kackmist testen lassen. Durftest nicht mal in den Bus ohne Test, als Ungeimpfter. Und Abschaum warst du sowieso, als Ungeimpfter, und schuld an allem. Mein sechsundvierzigster Test war positiv. Wo ich mich angesteckt hatte – keine Ahnung. Irgendeiner hat sich zwar dumm und dusselig mit dieser App verdient, aber egal. Ich hatte es. Ich hatte den Elfmeter gegen mich. IHR wisst, wie es ausgegangen ist. Immerhin stehe ich hier, leibhaftig. Aber ICH wusste damals nicht, wie es ausgeht. Es war nicht Theater, sondern Fußball, wo die Leute nicht wissen ... Na Herberger eben. Und das hat so toll geklungen, vorher, »Ich vertraue meinem Körper«. Aber wenns drauf ankommt, kann ich mich dann auch auf ihn verlassen? Wer vertrauen muss, hat eigentlich schon verloren. Das sind so Gedanken, die dir kommen, wenn dein Lungenvolumen aufn Marmeladenglas geschrumpft ist. Du kannst nicht mal auf Gott vertrauen, denn Gott wird dir sagen: Was willst du, ich hab dir Biontech geschickt, Moderna, Astra, Johnson und Johnson, ich für meinen Teil, als Gott, habe geliefert. – Ich hab angefangen, mit dem Virus zu reden: Komm, lass mich in Ruhe, ich bins doch gar nicht wert. – Hat nichts gebracht. N Zahnputzbecher an Luft hab ich nur noch gekriegt. Ich war schon auf der Intensiv, da hab ich zum Virus gesagt: So n Vollidiot, der sich nicht impfen ließ, das ist doch kein Gegner für dich. Ging weiter bergab, und als ich nur noch fingerhutweise atmen konnte, hab ich zum Virus gesagt: Wenn du mich als Ungeimpften überleben lässt, sehen andere, dass man auch ungeimpft davonkommt, und die kannst du dann umso besser *abmurksen*, verstehste, wäre das n Deal? – Das hat dann funktioniert. Nur leider genau so. Ich hatte Mona schon angesteckt, geimpft war sie auch nicht, und dass sie toll gekocht hat, die Mona, war n Problem. Zwanzig Kilo überm Durchschnitt *wie bei mir* geht gerade noch, aber fünfzig Kilo drüber ... Kurzum:

Er zieht den Stecker vom Beamer, das Bild wird dunkel.

Sie hat mal gesagt, es sind immer die Niederlagen. Die großen Gefühle, die bleibenden Erfahrungen, hat sie gesagt, sind mit Niederlagen verbunden. Nicht mit den Siegen. Dieses »We are the Champions« besingt doch nur ein leeres Gefühl, hat sie gesagt. Nicht zu vergleichen mit dem, was du fühlst, wenn du verloren hast. – Hab ich jetzt etwa doch von Corona gesprochen? Na als Trainer musst du immer wieder nach Situation, da kannst du nicht stur nach Plan, verstehste? Apropos Plan: Die zweite Halbzeit wolltet ihr *Geste: Verzieht euch mal.* – Ach so! Wer was zum Verfugen hat: Ich vergeb wieder Termine. Aber erst wieder nach Weihnachten. Vor Weihnachten bin ich voll. Komme inzwischen im geleasten Vito und bin bei 25 Euro die Stunde. Pauschale geht aber auch. Und Frohe Weihnachten noch!

Drei Textmodule, situativ verwendbar

Textmodul Videobeweis: Videobeweis! Auf so ne Idee kann auch nur n Wessi kommen. Worum es beim Fußball geht, ist Erregung. Und worüber regt man sich am meisten auf? Worüber redet man noch nach Jahren oder Jahrzehnten? Über Fehlentscheidungen! Ohne das Wembleytor wüsste heute kein Mensch auch nur das Geringste vom sechsundsechziger WM-Finale. Das Kostbarste, was ein Schiedsrichter dem Fußball geben kann, ist die Fehlentscheidung. Es gibt Spiele, die sind nur dank ihrer Fehlentscheidungen unsterblich. Es wird kein einziges Spiel geben, das einem Videobeweis seine Unsterblichkeit verdankt. So was weiß man doch! Allein schon die Geste! *macht das Viereck, für Videobeweis* Im Fußball! *formt mit den Händen einen großen Ball, als Kontrast zu Viereck* Immer nur richtige Entscheidungen, das ist doch langweilig.

Textmodul Standardsituation: Das sieht so einfach aus. Der Ball ruht, du kannst vorher was am Reißbrett entwickeln, und dann – bämm-bämm-bämm – drin isser! Das Dumme ist nur, dass du beim Fußball ausgerechnet mit deinem ungeschicktesten Körperteil ranmusst. Du kannst einfach nicht so, wie du willst. Fussball ist Behindertensport, von Natur aus, ist paralympisch für alle und jeden. Weil, du musst Fußball mit dem Körperteil betreiben, das am wenigsten dazu geeignet ist, und kannst ausgerechnet das Körperteil nicht benutzen, was dir am meisten helfen könnte. Darüber redet nur keiner. Und beim Fußball verkompliziert sich noch mal alles, weil es eine gegnerische Mannschaft gibt. Sagte wer? Irgendein Philosoph. Es so auszudrücken, da muss man erst mal drauf kommen. Aber es stimmt! Was hätten wir alles für Tore geschossen, wenn uns die anderen nicht ständig daran gehindert hätten.

Textmodul böses Foul/Verletzung: Beim Fußball wird ganz schön hingelangt. Das ist nichts für Feiglinge. Sie wollen jetzt die Kopfbälle verbieten, weil so ein Kopfball, das ist wie ein Kopftreffer beim Boxen. Normal, wenn ein Ball auf dich zufliegt, ziehst du den Kopf ein. Gesunder Schutzreflex. Aber wenn beim Fußball ein Ball anfliegt, rennen alle hin, um ihn mit ihrer Birne wegzuknallen. Im Klartext: Schon regulär machen die Fußballer mit dem eigenen Körper, was Boxer mit dem Körper ihres Gegners machen. Du kannst nicht »achtsam« Fußball spielen. Klar, du kannst n Schaumgummiball nehmen. Dann zertreten die sich aber immer noch die Knochen. Klar, du kannst barfuß spielen. Dann rasseln die aber immer noch zusammen. Wenn du »achtsam« Fußball spielen willst, geht das nur ohne Ball.

Schiedsrichter Fertig
Eine Litanei

Für Dietrich Simon

Als ich das Gerichtsgebäude verließ, kam mir der Gedanke in den Kopf, dass die Redensart *Irren ist menschlich* in hervorragender Weise das Kriterium erfüllt, das auf nahezu alle Redensarten zutrifft: Sie ist hohl. Hohler als *Das Beste kommt immer zum Schluss*, sogar hohler als die ohnehin schon bodenlos dumme Redensart *Die Ausnahme bestätigt die Regel*. Es gibt so viele offensichtlich hohle, dumme und lächerliche Gedanken, die, in eine Redensart gegossen, von frustrierender Zählebigkeit sind, doch *Irren ist menschlich* ist zweifellos die hohlste aller Redensarten. Als ob uns erst der Irrtum zu Menschen macht! Als ob Irren erstrebenswert wäre, als ob der Irrtum den Menschen adelt, als ob Tiere nicht irren! Als ob Urheber und Verbreiter dieser Redensart glauben, sich irrende Tiere seien menschlich! Was ist an einem Vogel, der gegen eine Scheibe fliegt, menschlicher als an einem Piloten, der sein Flugzeug sicher landet? Die Methode, Wörter beim Wort zu nehmen, erlebte ich das erste Mal und auch am eindrucksvollsten bei Herrn Lüdemann, dem Vater meiner Mitschülerin Judith Lüdemann, in die ich mit zehn, elf Jahren verliebt war und die auch im selben Haus wohnte. Wenn Herr Lüdemann von seiner Arbeit nach Hause kam, nahm er einen Stuhl, stellte ihn in die Zimmermitte und begann ein Gespräch mit mir, er brach mit mir das Brot seines Wissens, indem er unnachahmlich lustvoll einfach Wörter beim Wort nahm. Daran dachte ich, während ich aus dem Gerichtsgebäude trat, wo ich eben als Antragsteller *und* namens des Antragsgegners auftrat und dadurch einen Prozess gleichzeitig gewinnen *und* verlieren werde, allerdings nicht so, wie ich es mir gewünscht hatte, denn als Antragsteller schätzte ich meine Chancen schlechter ein als meine Chancen namens des Antragsgegners. Wenn es andersherum kommt, werde ich den Prozess zwar auch gleichzeitig gewinnen *und* verlieren, aber ich, der ich auf beiden Seiten stehe, werde ihn dann für die richtige Seite gewinnen und für die andere Seite verlieren. Auf beiden Seiten zu stehen ist nicht das gleiche wie auf keiner Seite zu stehen, dachte ich, aus dem Gerichtsgebäude tretend, es ist etwas grundsätzlich anderes. Auf zwei Seiten zu stehen, das kann ich überhaupt nicht, darin fehlt mir die Übung, während ich mir mit dem anderen, dem Auf-keiner-Seite-Stehen, einen Namen gemacht habe. Auf keiner Seite zu stehen, unparteiisch zu sein, und das auf hohem Niveau, ist ein gefragtes Talent. Seit zwei Jahren bin ich sogar weltweit unparteiisch, doch die paar Klienten, die in mein Versicherungsbüro kommen, weil sie mit einem FIFA-Schiedsrichter, wie es offiziell heißt, plaudern wollen über berühmte Profis und wie sie wirklich sind, rein menschlich, stehen in keinem Verhältnis zu den allgegenwärtigen Feindseligkeiten, wegen vermeintlich fehlerhafter Pfiffe in Spielen, an die ich mich selbst kaum noch erinnere. Das bisschen Interesse und Respekt, das ich gelegentlich erlebe, wenn ich mich gegenüber Unbekannten als Schiedsrichter vorstelle, steht in keinem Verhältnis zu dem Schock und dem Misstrauen, das mir viel öfter bei derartigen Gelegenheiten entgegenschlägt. Wir Schiedsrichter müssen damit leben, in der öffentlichen Meinung als größenwahnsinnige, herrschsüchtige und hagestolze Bürokraten zu gelten, die nur Schiedsrichter geworden sind, um sich an ihrer gottgleichen Macht zu berauschen. Eitle Pedanten sollen wir sein, fragt man den Mann auf der Straße, die aus der hündischen Unterwerfung ihres Alltags ausbrechen und die Schiedsrichterrolle benutzen, um ihre unterdrückten Allmachtsphantasien auszuleben. Zu-kurz-Gekommene sollen wir sein, die nie im Leben was zu melden haben und auf dem Spielfeld lang angestaute Defizite kompensieren. So ungefähr sieht die Meinung der Straße über uns aus. Wobei die sogenannte Meinung der Straße, nach allem, was ich in den letzten Jahren beobachtet habe, grundsätzlich die Beute von Kamerateams ist, die vorzugsweise an Tankstellen Meinungen einholen, natürlich auch Meinungen über uns Schiedsrichter. Die Meinung der Straße ist in Wirklichkeit die Meinung der Tankstelle, und der einfache Mann auf der Straße ist in Wahrheit jeder, der mit einer Zapfpistole hantiert. Nirgends sonst auf der Welt werden so dumme Sachen gesagt wie in Gegenwart von Fernsehteams an Tankstellen. Ohnehin ist nichts so dumm wie die sogenannte öffentliche Meinung, aber das Dümmste an öffentlicher Meinung sammeln immer Fernsehteams und immer an Tankstellen. Als ob in der benzolhaltigen Luft das Hirn weich wird und aus der Frage eine Art Essenz zieht, auf das reflexhaft entfernt verwandte Stichworte assoziiert werden, die im benzoldurchweichten Hirn hin und her und schließlich über die Lippen schwappen. *Schiedsrichter? Sind doch alle blind, die korrupten Verbrecher, der war niemals hinter der Linie, ist doch alles Schiebung!* Tankstellenmeinungen sind das Unterste und Peinlichste an Meinung, was über den Sender geht, viel peinlicher als Fußgängerpassagenmeinungen, peinlicher als Rathausplatzmeinungen und sogar peinlicher als Bahnhofshallenmeinungen. Jedes Tankstellenkamerateam scheint zudem eine Art Untergrenzenerweiterung von öffentlicher Meinung im Sinn zu haben, denn jeder neue Beitrag von Tankstellenmeinungen stellt den vorigen Tankstellenmeinungsbeitrag noch in den Schatten und verwandelt ihn posthum gleichsam in einen Philosophiekongress, so atemberaubend rasant ist die Talfahrt des Niveaus der Tankstellenmeinungen. Die Tankstellenmeinung sieht uns Schiedsrichter als lächerliche und letztlich bemitleidenswerte Wichtigtuer, die sich einen Trillerpfeifenmachtrausch verschaffen. Zugegeben, wenn ich einem Superstar Rot zeige, dann fühle ich mich wie ein Henker, der einen König hängt. Wie ein Jakobiner, der Adlige köpft. Wie ein Bolschewik bei der Erschießung des Zaren. Dazu legitimiert zu sein, sich an jemandem zu vergreifen, dessen Ansehen weit über dem eigenen steht, ist von widersprüchlichen Gefühlen begleitet. Doch anders als die Tankstelle von uns denkt, hat jeder von uns Schiedsrichtern im kleinen Finger mehr angeborene Autorität, als alle Tankstellenmeinungen der ganzen Gilde zubilligen. Kein Schiedsrichter, der nicht von sich aus eine gewisse Autorität ausstrahlt, kann auf dem Spielfeld etwas darstellen. Ohne Ausstrahlung, ohne instinktives Durchsetzungsvermögen schafft es kein Schiedsrichter auch nur bis zum Münzwurf im Mittelkreis. Wer schon im Leben versagt, wird auf dem Spielfeld erst recht versagen. Wer ein verkorkstes Leben hat, wird auch auf dem Spielfeld verkorkste Vorstellungen bieten. Was uns im Übrigen von den Fußballern unterscheidet, denn manche der sogenannten Genies am Ball waren die bedauerlichsten Versager im Leben. Dass keines der sogenannten Genies am Ball, egal, ob sie im späteren Leben versagen oder nicht versagen, wichtigster Mann auf dem Spielfeld ist, sondern dass der Schiedsrichter der wichtigste Mensch auf dem Spielfeld ist, muss so wenig betont werden wie die Tatsache, dass der Chirurg der wichtigste Mensch im Operationssaal ist. Obwohl die Bedeutung des Schiedsrichters als dem wichtigsten Mann auf dem Spielfeld sonnenklar ist, wird sie doch hartnäckig geleugnet, dachte ich, als ich die Freitreppe vor dem Gerichtsgebäude hinunterlief. Geleugnet und mit aller Macht totgeschwiegen. Geleugnet und mit aller Macht totgeschwiegen, obwohl doch jeder weiß, dass sich, wenn sich zwei Mannschaften in identischer Aufstellung innerhalb einer Woche begegnen, zwei völlig unterschiedliche, ja grundsätzlich andere Spiele entwickeln können, so wie auch ein und dieselbe Patientin ein gänzlich entgegengesetztes Schicksal erwarten kann, je nachdem, ob sie von diesem oder von jenem Chirurgen operiert wird. So wie eine Operation gleichsam mit den Schnitten entsteht, an ihnen entlang vollzogen wird und mit jedem Schnitt mehr Gestalt annimmt, so entsteht auch ein Spiel mit den Pfiffen, wird an ihnen entlang vollzogen und nimmt mit jedem Pfiff mehr Gestalt an. Ich habe es in der Hand, ein Spiel völlig zu zerpfeifen, wie es ein Chirurg in der Hand hat, seine Patientin völlig zu zersäbeln, und mir kann ein Spiel aus dem Ruder laufen, wenn ich die nötigen Pfiffe scheue, wie auch ein zaghafter Chirurg des Übels nicht Herr wird, wenn er die nötigen Schnitte scheut. Während jedoch Chirurgen mit ihrer Bedeutung kokettieren und ohne mit der Wimper zu zucken die ungeheuerliche Bemerkung stehen lassen, der Chirurg sei der wichtigste Mensch im Operationssaal, wo es doch der Patient ist, ist es mir nur unangenehm, wenn die überragende Bedeutung der Schiedsrichter betont wird. Gewiss, der Schiedsrichter ist im wahrsten Sinne des Wortes der Spielgestalter, der eigentliche Spielmacher – aber kein Schiedsrichter kostet diese Rolle auch noch aus. Und darf sie auch nicht auskosten. Als der beste Schiedsrichter gilt derjenige, den man gar nicht merkt. Das meinen jene, die sich zumindest oberflächlich mit dem Schiedsrichter beschäftigen. Der überwiegende Teil des Publikums beschäftigt sich ja nicht mal oberflächlich mit Schiedsrichtern, sondern hat sich in der Meinung eingerichtet, dass Schiedsrichter erstens blind und zweitens bestechlich sind. Aber jenseits von dieser Tankstellenmeinung hat es der Gedanke, dass man den besten Schiedsrichter nicht merkt, zu einiger Popularität gebracht. Der Schiedsrichter sollte dieser Ansicht zufolge ein über den Platz oszillierendes Neutrum sein, das nie dem Ball oder den Spielern im Wege steht und sozusagen ein Medium ist, das den in Worte gefassten Fußballregeln zu ihrer Geltung im Spiel verhilft. Der Dolmetscher, der die Theorie der Fußballregeln mittels Trillerpfeife und Gesten in die Praxis des Spielgeschehens übersetzt. Unparteiisch, unbestechlich, blind und taub gegenüber den Zuschauern, wie überhaupt alles ignorierend, was außerhalb des Spielfeldes stattfindet. Träfe die hohle Redensart *Irren ist menschlich* zu, wären unmenschliche Schiedsrichter gleichsam erwünscht, denn jeder schiedsrichterliche Irrtum zieht bekanntlich Diskussionen nach sich – und schon spräche man über den Schiedsrichter, was wiederum dem Anspruch entgegensteht, dass man ihn nicht merken darf. Eine Art Bürokrat im Weberschen Sinne soll er sein, also einer, der mit Regeln gefüttert wurde und Entscheidungen produziert, ohne Ansehen der Person, dank sturer und zuverlässiger Regelauslegung. Das klingt ungeheuer staatstragend, und die Tatsache, dass ein Schiedsrichter, der es weit bringen will, spätestens mit sechzehn Jahren anfangen muss, tritt zuverlässig weitere Lawinen von Verdächtigungen los. Denn dass Spitzenschiedsrichter ihre Pubertät damit verbracht haben, ihre eigene Regelgläubigkeit zu entdecken und sich in eine fanatische, lebenslang vorhaltende Regelwütigkeit hineinzusteigern, liegt weit jenseits der Norm, nach der die Pubertät mit Trotz, Rebellion und antiautoritären Affekten zuzubringen sei. Was meine Person angeht, spielte ich Fußball, seit ich zehn war, wie tausende auch, und machte mit sechzehn einen Wochenendkurs für Schiedsrichter, weil mein Verein einen Schiedsrichter stellen musste. Die Wahl fiel auf mich, weil ich wegen einer Roten Karte für zwei Spiele gesperrt war und demnach an dem Kurs teilnehmen konnte, ohne der Mannschaft bei den Wochenendspielen zu fehlen, denn aufgrund der Sperre fehlte ich ihr ja sowieso. Nichts daran ist außergewöhnlich, nichts deutete darauf hin, dass ich es weit bringen würde, und das Kuriosum, dass ich einer Schiedsrichterentscheidung, und zwar einer Schiedsrichterentscheidung *gegen* mich, den Beginn meiner Schiedsrichterkarriere verdanke, ist ein Happen, auf den sich noch jeder Pressemensch dankbar gestürzt hat; Geschichten dieser Art mögen sie. Die Pointe, es hätte sich um eine unberechtigte Rote Karte gehandelt und ich wäre nun Schiedsrichter geworden, um es besser zu machen, um das Unrecht von den Fußballplätzen zu verbannen, kann ich denen, die mich interviewen, nicht bieten, obwohl sie eine solche Pointe sehr gern hören würden, denn eine Pointe, die ein stimmiges Bild von einem Schiedsrichter erzeugt, das lieben sie. Wie sie überhaupt stimmige Bilder lieben. Die ganze Welt mag unstimmig sein, widersprüchlich, dissonant, unerklärlich und völlig gaga, doch die Zeitungen zeichnen stimmige Bilder, die Kommentare sind logisch, das Fernsehen berichtet von simplen und übersichtlichen Konflikten, und nach dreieinhalb Minuten oder hundertfünfzig Zeilen ist alles klar, eindeutig und geordnet. Die Geschichte von dem zu Unrecht vom Platz Gestellten, der daraufhin auszieht, Schiedsrichter zu werden, hätte ins Bild gepasst. Doch mit dieser Geschichte kann ich nicht dienen, woraufhin all diese Reporter und Interviewer enttäuschte Gesichter machen, als wär ich daran schuld, dass meine Schiedsrichterwerdung dieser oder irgendeiner anderen Pointe entbehrt. Dafür erzähle ich ihnen die Geschichte vom Taschengeld, das ich aufbessern wollte, und vom Westgeld, das es zu verdienen gab. Auf die Geschichte stürzen sie sich auch gerne, wie sie sich überhaupt auf alles stürzen, was mit Geld zu tun hat. Fünf Mark gab es für meinen ersten Einsatz, Ostmark wohlgemerkt, das war natürlich nicht der Rede wert, aber ein halbes Jahr später fiel die Mauer, und ich konnte auch im Westen pfeifen, da gab es vierzehn Mark pro Einsatz, Westmark wohlgemerkt, und wenn ich an manchen Wochenenden drei oder vier Spiele pfeifen konnte, verdrei- oder vervierfachte sich dieser Betrag nochmals, und das war eine Menge Geld für einen Sechzehnjährigen. Zumal im Osten die Schiedsrichterei zu Wendezeiten der blanke Horror war, Autoritäten aller Art wurden gestürzt, verlacht und ignoriert, da ging es den Schiedsrichtern auch nicht besser. Ständig wurde diskutiert und reklamiert, und einmal protestierte ein Zehnjähriger mit dem Ruf »Wir sind das Volk!« gegen eine Strafstoßentscheidung. Das musste ich mir für fünf Ostmark nicht antun. Die jeweils vierzehn Westmark mussten aber auch erst verdient werden, denn auch wenn es im Westen keine Spieler gab, die mit *Wir sind das Volk* meine

Autorität anzutasten suchten, gab es doch türkische Jugendmannschaften, bei denen sich immer gleich die halbe Mannschaft über nachteilige Entscheidungen erregte. Oder die ganze Ersatzbank. Bei Spielen mit türkischen Jugendmannschaften passierte es immer wieder, dass urplötzlich ungeahnte Leidenschaften ausbrachen und eine Horde Spieler auf mich zurannte, schreiend, fluchend, mit weit aufgerissenen Augen und den Armen fuchtelnd. Jeder Schiedsrichter fängt unten an, jeder. Es gibt keine Quereinsteiger. Es gibt Fußballspieler, die werden nach dem Ende ihrer Karriere als erstes Nationaltrainer, es gibt Wissenschaftler, die werden Minister, ohne dass sie je mit Politik zu tun hatten. Bei den Schiedsrichtern kommt jeder, ohne Ausnahme, von ganz unten, aus dem tiefsten Schlamm, aus einfachsten Verhältnissen. Jeder Schiedsrichter, ohne Ausnahme, kennt die Sitten in den unteren Ligen. Kennt die Väter, die das Publikum gegen den Schiedsrichter aufhetzen, erinnert sich an die eine Mutter, die den Schiedsrichter mit »schwule Sau!« beschimpft, kennt die platten Reifen nach dem Spiel und das Krachen anonymer Tritte gegen die Tür seiner Umkleidekabine. Die meisten Schiedsrichter kennen sogar nur die Sitten der unteren Ligen und nicht die Sitten in den höheren Ligen. Die Sitten der unteren Ligen und die Sitten in den höheren Ligen sind in manchen Dingen gleich und in manchen Dingen unterschiedlich. Gleich sind sie, wenn es um zerschnittene Reifen, Telefonterror, Manipulationsversuche und Morddrohungen geht. Dafür sind die Beschimpfungen in den höheren Ligen andere als in den unteren Ligen. In den unteren Ligen sind die Beschimpfungen grell und einzeln, in den oberen Ligen sind sie permanent und zuverlässig. In den unteren Ligen haben die Beschimpfungen einen Urheber, in den oberen

Ligen sind sie anonym. In den unteren Ligen tröpfeln und sticheln die Beschimpfungen, in den oberen Ligen sind es ganze Pfeilwolken von Beschimpfungen, die auf den Schiedsrichter abgeschossen werden, Giftschwaden von Beschimpfungen, die über dem Stadion hängen und wabern, Wogen von Beschimpfungen, die über den Schiedsrichter hereinbrechen. Neunundneunzig Prozent der Schiedsrichter kennen das Gefühl eines pfeifenden, schreienden, tobenden Stadions gar nicht. Weil sie nur auf den Sportplätzen der unteren Ligen pfeifen. Man muss es sich hart erarbeiten, ausgepfiffen zu werden. Von achtzigtausend ausgepfiffen und angeschrien zu werden, das schaffen nur ganz, ganz wenige. Von achtzigtausend wütenden, rasenden Menschen ausgepfiffen, angepöbelt, beschimpft, angebrüllt, beleidigt, bedroht und vor ihnen in Sicherheit gebracht zu werden, ist das Höchste, das Größte, was ein Schiedsrichter erreichen kann, dachte ich auf den letzten Stufen der Freitreppe vor dem Gerichtsgebäude. Die dreitausendachtundsechzig Euro, die ich heute für jedes Spiel und die damit verbundenen Hassausbrüche bekomme, klingen nach sehr viel Geld. Dreitausendachtundsechzig Euro für neunzig Minuten halten alle für überbezahlt. Auch dann, wenn sie wissen, dass ein Schiedsrichter grundsätzlich einen Tag vor dem Spiel anreist und meist am Tag nach dem Spiel abreist. Die wenigsten Menschen bekommen dreitausendachtundsechzig Euro in drei Tagen, und so glaubt jeder, der keine dreitausendachtundsechzig Euro in drei Tagen oder im Monat, vielleicht nicht einmal in einem Vierteljahr verdient, dreitausendachtundsechzig Euro für drei Tage Arbeit ist hoffnungslos überbezahlt. In Wirklichkeit sind dreitausendachtundsechzig Euro für drei Tage hoffnungslos unterbezahlt, selbst für neunzig Minuten sind dreitausendachtundsechzig Euro ein Hohn, ein unverschämter Billiglohn. Dreitausendachtundsechzig Euro sind ein kümmerliches Almosen für das, was sich ein Schiedsrichter in den neunzig Minuten seines Einsatzes gefallen lassen muss. Gemessen an den Geldstrafen, die ein Gericht bei Beleidigungen von Amtspersonen verhängt – und daran, dass ein Schiedsrichter eine Art Amtsperson ist, besteht kein Zweifel –, müsste ein Schiedsrichter das Zehnfache, Hundertfache, Tausendfache dessen kriegen, was er letztlich bekommt. Schon das Duzen eines Polizisten kostet fünfhundert Euro, der *Scheißbulle* tausend. Einmal eine Politesse *dumme Kuh* nennen kostet achthundert Euro. Dafür, dass mich zigtausende Menschen neunzig Minuten lang anschreien, duzen, beleidigen und beschimpfen dürfen, dass sie ein um das andere Mal singen dürfen *Hängt es auf, das schwarze Schwein, es soll nie-hie mehr glücklich sein*, dafür, dass sie mir aus vollem Halse übelste, unflätigste Beschimpfungen entgegenkrakeelen dürfen, mit allem, was die deutsche Sprache und die eigene Lunge hergibt, sind dreitausendachtundsechzig Euro doch eine lachhafte, eine erbärmliche Entschädigung. Natürlich ist die Frage *Warum, Herr Fertig, sind Sie überhaupt Schiedsrichter geworden?* eine der häufigsten Fragen, die ich höre (neben *Bist du blind?* und *War der in Wembley drin oder nicht?*) – aber eigentlich meint die Frage: *Warum, Uwe Fertig, tust du dir das überhaupt an?* Zudem ist diese Frage nie aufrichtig, wer sie stellt, sucht immer nach einem verräterischen Zungenschlag, der mich dessen überführt, was die Tankstelle über einen Schiedsrichter zu wissen glaubt. Ein Schiedsrichter will sich nur daran berauschen, dass alles nach seiner Pfeife tanzt. Indem die Tankstelle die schiedsrichterliche Autorität zumindest ansatzweise mit der Trillerpfeife in einen Zusammenhang bringt, ahnt sie etwas. Es ist vermutlich auch das Einzige, was die Tankstelle von der Schiedsrichterei erahnt. Die Trillerpfeife ist für den Schiedsrichter das, was für den Chirurgen das Skalpell ist. Ein Pfiff ist nämlich ebensowenig rückgängig zu machen wie ein chirurgischer Schnitt. Es gibt spielentscheidende Pfiffe, unverzichtbare Pfiffe, Pfiffe, nach denen nichts mehr ist wie zuvor. Pfiffe, die so unvermeidlich sind wie ein gekonnter chirurgischer Schnitt. Übrigens sind die größten Skeptiker gegenüber einem schiedsrichterlichen Pfiff die Schiedsrichter selbst, denn ein Schiedsrichter weiß, dass mit jedem Pfiff seine Spielräume schrumpfen. Und er selbst dadurch mitschrumpft. Dieses Diktum gilt übrigens nicht nur für Pfiffe, die kommen, sondern auch für die Pfiffe, die ausbleiben, dachte ich, als ich den riesigen, leeren Platz zu Füßen des Gerichtsgebäudes betrat, ein Platz von beklemmender Leere und mit den ungefähren Abmessungen eines Spielfeldes, sodass ich, um zu meinem Auto auf der diagonal gegenüberliegenden Seite zu gelangen, diagonal über den Platz gehen musste, also auf der Linie, die in den Lehrbüchern als ideale Bewegungslinie des Schiedsrichters gilt. Doch die wahre Linie, *seine* Linie, muss sich ein Schiedsrichter erpfeifen. Ohne die Linie, die sich ein Schiedsrichter erpfeift, nutzt alles Wissen aus den Lehrbüchern praktisch nichts. Und trotzdem hat niemand die Courage, öffentlich auszusprechen, dass eine Trillerpfeife Fingerspitzengefühl, Intelligenz, ja feinfühlige Virtuosität verlangt. Trillerpfeife, das ist Kasernenhofstumpfsinn, Turnvaterjahnstumpfsinn, Dritte-Welt-Verkehrspolizistenstumpfsinn. Die Tankstelle benutzt die Trillerpfeife, um dem Schiedsrichter eine konservativ-reaktionäre und spielverderberische Veranlagung und überhaupt Rückständigkeit zu unterstellen. Ohne die Trillerpfeife wäre die Autorität des Schiedsrichters doch praktisch nicht mehr vorhanden, heißt es, ohne Trillerpfeife müsste der Schiedsrichter mit einem stumpfen Schwert kämpfen, heißt es. Das ist allerdings wahr. Genauso wahr wie die Bemerkung, dass der Schiedsrichter dadurch komplett entmachtet wäre, wenn alle Zuschauer eigene Trillerpfeifen mitbrächten und damit ein eigenes pausenloses Getriller, einen *Trillersturm*, erzeugten, in dem die Pfiffe des Schiedsrichters untergingen wie das Geräusch beim Wasserlassen tosender Brandung. Steht jedoch die Trillerpfeife nicht in Konkurrenz zu anderen Trillerpfeifen, ist sie in keinem Stadion der Welt zu überhören, selbst im größten Lärm nicht, und sie sendet klare, eindeutige Botschaften aus. Die Trillerpfeife kann dadurch etwas, das heutzutage hoch gehandelt wird. Das entsprechende Wort werde ich nicht verwenden, denn das Wort, das ich meine, ist völlig in Verruf gekommen. Die Trillerpfeife hat es nicht verdient, diesem langweiligen Allerweltswort, diesem restlos abgewirtschafteten Modewort, diesem nackten Kaiser der Wörter unterstellt zu werden. Wenn jemand irgendwelchen Schwachsinn in die Welt setzt, dann heißt es, er *kommuniziert*. Jede zweite Handywerbung zeigt junge, fröhliche Frauen mit einem Handy, und das Wort *Kommunikation* ist dann auch nicht weit. Aber wenn ich in der Bahn oder sonstwo mitanhören muss, was Menschen so miteinander kommunizieren, dann klafft da eine Lücke von Anspruch und Wirklichkeit. Ich habe in diesen Gesprächen, bei denen ich, ohne dass ich je gefragt wurde, zum Zeugen gemacht werde, noch nie einen Gedanken gehört, den ich interessant fand. Und je uninteressanter, erbärmlicher und nichtswürdiger so ein Gespräch ist, desto lauter wird es geführt. Zumal es keiner dieser penetranten Schwachsinnsdurchsager schafft, sich an einen Ort zurückzuziehen, wo er nicht stört. Nein, er scheint sich für die Dauer des Gesprächs zu feiern, seinen Mitreisenden, die genötigt werden, Ohrenzeugen seiner uninteressanten, erbärmlichen und nichtswürdigen Gesprächsfetzen zu sein, ihnen scheint er sagen zu wollen: Hört her, ich führe ein richtiges Leben! Ich sitze hier nicht so leer und gelangweilt im Zug wie ihr, sondern ich organisiere und kommuniziere mit der Außenwelt, ja, ich bin eigentlich gar nicht hier bei euch in diesem Zug, der uns von A nach B fährt, nein, ich drehe noch ganz woanders am Rad! Und natürlich kommt in diesen nichtswürdigen Gesprächsfetzen auch das Wort kommunizieren vor. Dabei ist kommunizieren natürlich das Gegenteil von dem, was es zu sein vorgibt. Dass kommunizieren *verständigen* bedeutet, das glauben allenfalls noch die Verfasser eines Fremdwörterbuchs. Kommunizieren meint doch eigentlich *unverständigen* oder *verunständigen*. Wenn es darum geht, etwas zu vernebeln und zu vertuschen, werden Kommunikationsexperten hinzugezogen. Wenn etwas verzerrt, beschönigt, einseitig dargestellt oder völlig aus der Luft gegriffen werden soll, dann heißt es, dass es nach außen kommuniziert werden muss. Und wenn mal die Wahrheit ans Licht kommt, wenn etwas so geschildert wird, wie es sich tatsächlich abgespielt hat, dann spricht man vom Kommunikations-Super-GAU. Kommunikation hat tatsächlich so wenig mit Kommunikation zu tun, dass ein Außerirdischer, der die Bedeutung des Wortes Kommunikation aus dem täglichen Gebrauch erschließen sollte, es als »belügen« oder als, bildlich gesprochen, »mit Scheiße parfümieren« übersetzen würde. Oder dass jeder jedem jederzeit jeden

Mist zukommen lassen kann. Kommunikation ist selten mehr als ein permanentes, lautes, unentrinnbares Quaken. Darin sind sich alle einig. Deshalb sagt auch kein Mensch, Goethe habe mit Schiller kommuniziert. Die haben sich geschrieben. Wer sich was zu sagen hat, kommuniziert nicht miteinander. Kommunikation ist eine Pest, eine Lügenpest, eine Beschönigungs- und Beschwichtigungspest. Die einfachsten und klarsten Dinge werden völlig verdreht, und schwierige, komplizierte Sachverhalte werden so vergröbert und versimpelt und vereinseitigt, dass gar nichts mehr stimmt. Oder wenn etwas völlig verschwiegen wird, wenn Informationen zurückgehalten werden, dann wird das auch als Kommunikation bezeichnet. Je größer und bedeutender ein Kommunikationspartner, desto wertloser sind die Informationen, die er absondert, und die wertlosesten, nichtsnutzigsten Informationen stammen immer von sogenannten Kommunikationsriesen. Ich musste mal die Telekom anrufen, weil ich vergessen hatte, mir meine neue Telefonnummer aufzuschreiben. Da war nichts zu machen. Die nennen sich Kommunikationsriese und reden von moderner Unternehmenskommunikation, aber wer vom Kommunikationsriesen die eigene Telefonnummer wissen will, wird sie nicht erfahren. Da sagen sie einfach *Datenschutz*, und schon ist es vorbei mit der Kommunikation, da wird aus dem Kommunikationsriesen ein Kommunikationszwerg, eine Kommunikationsamöbe, und das ist das Wesen von Kommunikation. Das grässlichste Verbrechen der Kommunikationscamorra jedoch sind moderne Kommunikationssysteme. Das sind schier endlos verwinkelte Labyrinthe aus Warteschleifen und Bandansagen, in die ein Anrufer verschleppt wird wie eine Geisel, und wo er gezwungen wird, sich Stimmen anzuhören, die immer aufreizend langsam und mit einer durch nichts, aber auch gar nichts zu rechtfertigenden guten Laune sprechen. Und affektiert wie in einem UFA-Film. Wenn ich eine dieser Kommunikationsamöben, die sich für Kommunikationsriesen halten, anrufen muss, dann höre ich als erstes eine Frauenstimme, die *Herzlich willkommen* sagt, als ob sie mich auf einer Party begrüßt. Als nächstes sagt sie: Um Ihre Anfrage noch schneller bearbeiten zu können, und bei diesem *noch schneller* rutscht mir das Herz jedesmal in die Hose, denn das bedeutet, dass ich in der nächsten Viertelstunde kein menschliches Wesen ans Ohr kriegen werde. Dann werde ich in einer aufreizend langsamen Sprache, geradezu so, als ob ich ein Sprachschüler wäre, Dinge gefragt, die überhaupt nichts mit meinem Anliegen zu tun haben, und dieser Automat ist so dreist, sich auch noch ein Ich zu geben, eine Persönlichkeit. *Ich habe Sie leider nicht verstanden,* oder *Alles klar.* Wer nimmt sich diese Frechheit raus, einem Automaten zu gestatten, mich für eine gelungene Erklärung oder auch nur für irgendwas zu loben? Die nächste Generation dieser Kommunikationssysteme wird mit mir übers Wetter reden wollen. Und in irgendeinem Labor programmieren Frankensteins Erben schon an einem Kommunikationssystem, das mich zu einem Gelächter anstiften und dann mitlachen soll, denn Kommunikationsexperten wissen, dass Lachen Nähe schafft. Vorerst ist der Siedepunkt meines Kommunikationsekels erreicht, wenn ich höre, dass ich bitte dranbleiben soll, *der nächste freie Mitarbeiter ist für Sie persönlich reserviert.* Die Redewendung *für Sie persönlich* kommt in diesen modernen Kommunikationssystemen auffallend häufig vor. Weil es nichts gibt, was so unpersönlich ist wie moderne Kommunikationssysteme, müssen moderne Kommunikationssysteme das Persönliche kommunizieren. Es ist ein unglaublicher Eiertanz um die Kommunikation. Aber ehe wir überhaupt bereit sind, uns diesen Kommunikationsexperten vollkommen willenlos auszuliefern, ehe wir vor ihnen und ihrem Hokuspokus bedingungslos kapitulieren, ehe wir ihre nach gebügelten Blusen klingenden Stimmen, ihre auf Kompetenz und Seriosität und Sympathie getrimmten Laborstimmen auch nur länger als drei Sekunden anzuhören bereit sind, muss zuvor ein klares, wunderbares Kommunikationsinstrument wie die Trillerpfeife in den Dreck geredet werden. Die Trillerpfeife gilt als reaktionär, sogar als faschistoid, während Kommunikation einen modernen, demokratischen Klang hat. In diese Falle sind wir alle gegangen. Ein Schiedsrichter wird als etwas zutiefst Unmodernes und Antidemokratisches verachtet. Er ist der Antichrist sämtlicher abendländisch-demokratischen Tradition. Ein absolutistischer Herrscher, der mit einer Trillerpfeife regiert, auf einem halben Hektar und für neunzig Minuten. Alle anderen sind untereinander nur gleich in ihrer Ohnmacht. Niemand kann die Entscheidungen eines Schiedsrichters rückgängig machen. Nicht einmal er selbst. Das Zauberwort heißt Tatsachenentscheidung. Tatsachenentscheidung bedeutet, dass ich als Schiedsrichter, ich allein, durch meine Entscheidung anzeige, was stattgefunden hat. Ich schaffe damit Tatsachen. Das ist natürlich eine ungeheure, eine gottgleiche Macht. Gegen Tatsachen ist kein Kraut gewachsen. Gegen Tatsachen lässt sich nicht protestieren oder prozessieren. Mit Tatsachen hat man sich abzufinden. Wenn ich sage, der Ball war im Tor, dann war er drin, auch wenn aus drei Perspektiven klar zu sehen ist, dass er nicht drin war. Ich entscheide, und niemand redet mir rein. Schon gar nicht die, die es betrifft. Das ist natürlich nicht die Spur demokratisch, und genau darum geht es. Wer Demokratie will, muss den Schiedsrichter abschaffen. Ohne Schiedsrichter wäre es wie im Leben. Die Spieler müssten sich untereinander einigen, und können sie es nicht, bliebe der Rechtsweg. Spielern, Trainern, Funktionären, Offiziellen, Angehörigen, Beratern, Agenten, Impresarios, Veranstaltern, Hinterbliebenen, Anwohnern, Interessenverbänden, Bürgerinitiativen, Tätern und Opfern stünden alle Rechtsmittel zur Verfügung, einschließlich dem Gang vors Bundesverfassungsgericht und die Klage vor dem Europäischen Gerichtshof für Menschenrechte – und wir würden uns heute noch mit der Qualifikation zur WM 1962 beschäftigen. Demokratie ist bekanntlich dann gut, wenn keine Entscheidungen getroffen werden müssen. Um zu debattieren, Kompromisse zu finden, Arbeitskreise zu bilden und Verfahrensfragen zu prüfen, dafür ist die Demokratie gut. Für die Entscheidung Drin oder nicht? taugt sie nicht. Solange wir Schiedsrichter pauschal beschimpft werden, weht der Zeitgeist demokratisch. Schiedsrichterbeschimpfung steht völlig im Einklang mit der freiheitlich-demokratischen Grundordnung, ja, die freiheitlich-demokratische Grundordnung bestünde ohne Schiedsrichterbeschimpfung nur halbherzig, wäre ohne Schiedsrichterbeschimpfung überhaupt nicht vollendet! Schiedsrichterbeschimpfung ist die Nagelprobe, der Lackmustest des demokratischen Bewusstseins. Umgekehrt habe ich überhaupt keinen Grund, mehr Demokratie oder überhaupt Demokratie zu wagen. Gibt ja Romantiker, die argumentieren mit dem Publikumsjoker bei *Wer wird Millionär?*, wenn sie behaupten, es gäbe eine Kompetenz der Menge. Mag sein, dass es eine Kompetenz der Menge gibt. Für mich ist die Menge inkompetent. Wenn dreißigtausend Leute, die achtzig Meter oder noch weiter weg sind, »Hand« schreien, gibt es keine Kompetenz der Menge. Da ist die Menge das Inkompetenteste, das man sich nur denken kann. Ein riesiges Inkompetenz-Team. Das desto inkompetenter ist, je größer es wird. Insofern sind Wahlen die Mobilisierung des größten aller nur denkbaren Inkompetenz-Teams. Die Kompetenz des Schiedsrichters hingegen wird unablässig entwickelt, und zwar die Einzelkompetenz. Es ist noch niemand auf die Idee gekommen, dass ein Schiedsrichter in schwierigen Situationen den Publikumsjoker aus sechzigtausend Stadionbesuchern oder anderthalb Milliarden Fernsehzuschauern hinzuziehen sollte. Selbst die glühendsten Demokratieromantiker, die den Publikumsjoker von *Wer wird Millionär?* als Beleg für eine Kompetenz der Menge ins Feld führen, sehen davon ab, eine Kompetenz der Menge in die Schiedsrichterei einführen zu wollen. Auch die größten Demokratieromantiker finden es vernünftig, dass wir Schiedsrichter geschult werden. Auch die größten Demokratieromantiker finden es vernünftig, dass die Kompetenz und damit die Macht der absolutistischen Alleinherrscher entwickelt wird, anstatt uns durch eine Menge zu entmachten. Ein unumwundener Misstrauensbeweis der größten Demokratieromantiker gegenüber der Demokratie ist überhaupt nicht vorstellbar. Vollkommen unausdenkbar. Die Demokratieromantiker rütteln nicht an unserer Macht, im Gegenteil, sie befürworten insgeheim, aber doch unumwunden, dass wir, die absolutistischen Herrscher, immer und immer und immer wieder Schulungen, Weiterbildungen und Begutachtungen unterzogen werden. Und jeder weitere Kurs, jedes positive Votum auf dem Schiedsrichterbewertungsbogen steigert unsere Kompetenz und zementiert damit unsere absolutistische Herrschaft. Das klingt so lässig und leicht, ist in Wahrheit aber ein riesiges und zugleich perfekt ineinandergreifendes System aus Schulung, Benotung, Bewertung, Klassifizierung, Sichtung. Ein Karussellunternehmen, ein Fahrstuhlbetrieb. Es gibt Anfängerkurse, Jungschiedsrichterkurse, Aufbaukurse, Förderkurse, Talentkurse, Leistungskurse, Spitzenschiedsrichterkurse, und das alles auf Kreisebene, auf Bezirksebene und auf Verbandsebene. Es gibt Mentoren, Schiedsrichterobmänner, Schiedsrichterbeauftragte und Spielbeobachter, die in Wirklichkeit Schiedsrichterbeobachter sind. Wir machen Leistungstests, Regeltests, und nach jedem Spiel rechnet der Spielbeobachter, der in Wirklichkeit ein Schiedsrichterbeobachter ist, erst im Gespräch und dann im Schiedsrichterbewertungsbogen mit uns ab. Wir greifen entweder zu viel oder zu wenig ein, und gebe ich eine Rote Karte, dann bin ich der eigentliche Rotsünder, denn ich, so wirft mir der Spielbeobachter, der in Wirklichkeit ein Schiedsrichterbeobachter ist, vor, habe es verpasst, dem Spieler schon vorher seine Grenzen zu zeigen. Wirke ich jedoch vorher auf den Spieler ein, wirft mir derselbe sogenannte Spielbeobachter vor, ich würde mich den Spielern aufdrängen. Letztlich ist es ihm völlig egal. Der Spielbeobachter, der in Wirklichkeit ein Schiedsrichterbeobachter ist, erwartet eine Linie. Jeder Schiedsrichter soll mit einer bestimmten Linie das Spiel leiten, und diese Linie soll etwas sein, das er dem Schiedsrichterbeobachter zeigen kann. Das Schlimmste ist es, die Linie nicht zu finden. Natürlich gibt es auch die Spieler. Als Schiedsrichter ist man zu Spielbeginn ja immer in der Rolle eines Lehrers, der neu an der Schule ist, während die Spieler in der Rolle der Schüler sind. Wenn ein Spiel beginnt, erwarten die Spieler sehnsüchtig den ersten Pfiff, sie erflehen ihn geradezu. Denn auch die Spieler wollen wissen, welche Gangart erlaubt ist. Solange sie es nicht wissen, lohnt es nicht, richtig anzufangen. Also wird hier mal ansatzweise gestoßen, da sinkt einer prophylaktisch zu Boden – alles Momente, in denen die Spieler sich für das Spiel justieren, welche Gangart erlaubt und welche nicht erlaubt ist. Das erste Foul geschieht oft, weil mich die Spieler endlich pfeifen hören wollen, weil sie auch spüren wollen, was sie längst schon wissen: dass da einer ist, der ihnen nicht alles erlaubt. Das erste Foul ist fast immer unschuldig, aber im Laufe des Spiels ändert sich das. Da wollen die Spieler, dass ihre kleinen Gemeinheiten, ihre fiesen Attacken unsichtbar bleiben. Wenn sich ein Spieler nach mir umschaut, hat der was vor, und wenn er mich nicht im Blickfeld hat, erinnert er sich, wo er mich zuletzt gesehen hat und rechnet sich aus, welche Chance er mit einer kleinen Gemeinheit hätte. Das sind Instinkte. Die Spieler sind so konditioniert. Darum wechsle ich ständig meine Position, bewege mich nicht auf der lehrbuchmäßigen Diagonale, sondern tauche da auf, wo mich die Spieler nicht erwarten. Wie ein Gespenst. Wie der Polizist in den Charlie-Chaplin-Filmen, der immer im ungünstigsten Moment um die Ecke kommt. Ich denke immer an den Hausmeister Frigewski. Er war Hausmeister in dem Haus meiner Kindheit, einem Fünfundzwanziggeschosser in der Leipziger Straße, direkt an der Berliner Mauer. In diesem Haus gab es viele Kinder, und diesen Kindern hatte Frigewski den Krieg erklärt. Er wollte Ruhe und Ordnung. Wenn irgendwo ein Ball auftrumpfte, wann immer drei Stufen auf einmal genommen wurden – Frigewski war sofort da. Er schien überall zu sein. Er hatte einen siebten Sinn für uns Kinder. Er erwischte uns immer, egal, was wir taten. Wir Kinder wurden immer erwischt, bei allem erwischt. Wir waren die Erwischten, und er war der große, furchtbare Erwischer. Er erwischte uns Kinder dabei, Kinder zu sein. Er bekämpfte unseren Krach, unsere Ideen, unsere Lebhaftigkeit, unsere Pläne und unsere Aktivität. Frigewski bekämpfte Jubel genauso wie Springen, Spielen, Toben, Rennen und Lachen. Er bekämpfte das mit dem Flammenwerfer seiner Verbote. Wenn er uns erwischte, dann wurde er zu einem erbarmungslosen, drohenden Erzieher, mit blitzenden Augen, den Zeigefinger im Takt seiner Worte auf uns Kinder stoßend. Es gab nichts, was nicht verboten war. Er lieferte uns, sowie er uns erwischt hatte, bei unseren Eltern ab, wobei er nicht davor zurückschreckte, uns am Arm zu packen oder im Genick. Er nahm uns Spielsachen weg, die allenfalls unsere Eltern bei ihm wieder abholen durften. Und Kinder, die in dem Haus nicht wohnten, hatten hier sowieso nichts zu suchen; die wurden einfach beim Da-Sein erwischt. Auch wenn ich völlig stumm und reglos mit Frigewski Fahrstuhl fuhr und lediglich die zwei Knöpfe – die 2 für die Etage, in der wir wohnten, und den Türknopf zu drückte – Frigewski machte eine erzieherische, zurechtweisende Bemerkung, die entweder eine ältere Angelegenheit betraf oder etwas, bei dem er mich durch ein geschlossenes Fenster beobachtet hatte. Eine Blechbüchse getreten zu haben. Mit Erdklümpchen geworfen zu haben. Frigewski erwischte mich immer, ihm entging nichts und er vergaß auch nichts. Frigewski war ein Albtraum für jedes Kind. Er gab uns Kindern das Gefühl, ein Problem zu sein, ein Dreck und Lärm erzeugendes Problem zu sein, das alles kaputtmacht, was es auch nur berührt, und obendrein rücksichtslos, leichtsinnig, unreif und schlecht erzogen ist. Frigewski schien alles zu sehen, und so schaffte er es schließlich, selbst dann anwesend zu sein, wenn er überhaupt nicht da war. Mit zehn Jahren begann ich bei einem Verein Fußball zu spielen, und mit fünfzehn begegnete ich dem Sportfreund Horst Frigewski als Schiedsrichter. Ich war alt genug, ihn nicht mehr zu fürchten, auch wenn die Unzahl unangenehmer, albtraumhafter, quälender und lähmender Erinnerungen sofort wieder da war. Das Spiel leitete Frigewski souverän und sicher. Es war die beste Schiedsrichterleistung, die ich bis dahin erlebt hatte, und das war mir bewusst, obwohl ich ihm diese Leistung aus tiefstem Herzen missgönnte. Frigewski richterte das Spiel haargenau so, wie er das Haus meisterte. Ihm entging nichts, er war immer zur Stelle und sprach alles an, und es ist eine der wüstesten Verwirrungen in meinem Kopf, dass ich Frigewski, der der Teufel in meiner Kindheit war, dankbar sein müsste, weil ich ohne ihn nicht der erfolgreiche Schiedsrichter wäre, der ich bin. Der Hausmeister Frigewski hatte eine Linie, und eine Linie zu haben ist das Wichtigste, was von einem Schiedsrichter verlangt wird. Ich könnte haargenau derselbe Schiedsrichter sein und wäre mit mir im reinen, wenn es nur ein anderer und nicht Frigewski gewesen wäre, der mir gezeigt hat, wie sich ein Schiedsrichter Respekt verschafft. Aber es war Frigewski und kein anderer, der mir gezeigt hat, wie sich ein Schiedsrichter Respekt verschafft. Wenn ich beim Warten im Spielertunnel einen Spieler, dem ich vor vierzehn Monaten und noch bei einem ganz anderen Verein spielend wegen Ballwegschlagens eine Gelbe Karte gegeben habe, diskret, aber deutlich mit »Dieses Ballwegschlagen will ich heute nicht wieder erleben« ermahne, dann will ich in diesem

Moment nicht an Frigewski denken und daran, dass ich es im Spielertunnel mache wie Frigewski im Fahrstuhl. Ein Schiedsrichter Frigewski würde alles genauso machen wie ich. Er würde, wie ich, gegenüber den Spielern dieses Gefühl von permanenter Präsenz und restloser Kontrolle erzeugen, restloser Kontrolle über alles, was vorgeht, bis aufs Letzte. Ich wäre niemals ein Hausmeister wie Frigewski, aber als Schiedsrichter verdanke ich dem Mann, der der Albtraum, das Monster meiner Kindheit war, wenn nicht alles oder fast alles, so doch das Wichtigste. Ausgerechnet Frigewski zeigte mir die Linie, die ich jedes Mal auf dem Spielfeld nachzeichne. Ausgerechnet ein kontrollwütiger, denunziatorischer, kinderfeindlicher, Beklemmungen erzeugender Hausmeister mit einer braunen Nylon-Kittelschürze zeigte mir die Linie, die jeder Spielbeobachter, der in Wirklichkeit ein Schiedsrichterbeobachter ist, sehen will. Ich hätte mich auch für andere Linien entscheiden können, aber ich habe erlebt, dass jeder Spielbeobachter schon immer und von Anfang an meine Linie, die ja in Wirklichkeit die Frigewski-Linie ist, hervorhebt, herausstellt, würdigt und lobt. Wobei Hervorhebungen, Herausstellungen, Würdigungen und Lob grundsätzlich selten sind. Denn der Spielbeobachter, der in Wirklichkeit ein Schiedsrichterbeobachter ist, kommt ja, um den Schiedsrichter zu kritisieren. Um die Fehler zu sehen, die sonst niemand sieht. Wobei ich mich frage, ob ein Fehler, den sonst niemand sieht, überhaupt ein Fehler ist. Fehler dürfen passieren, heißt es in der Schiedsrichterei, wenn man hinterher auswertet, wodurch dieser Fehler entstehen konnte, und die entsprechenden Konsequenzen zieht. Und je höher die Liga, in der ein Schiedsrichter pfeift, desto penetranter die Auswertung. Jeder Pfiff muss verteidigt werden. Und natürlich auch jeder unterlassene Pfiff. Nicht nur vor dem sogenannten Spielbeobachter, der in Wirklichkeit ein Schiedsrichterbeobachter ist, sondern auch vor den Medien, die das niedrigste und überflüssigste und oberflächlichste Element sind von allem, womit ein Schiedsrichter zu tun hat. Allen voran die Fernsehleute. Das ist eine der erbärmlichsten Lebensformen, die man sich nur denken kann. Sie haben nicht das geringste Benehmen im Leibe, sie sind von einer ungeheuren, alles niederwalzenden Hemmungslosigkeit. Besonders Fernsehfrauen. Die reden wie auf dem Laufsteg, sind von einer Affektiertheit und Aufgesetztheit, die ihresgleichen sucht. Was da an der Tonlage moduliert wird, wie da Schwung genommen, das Tempo angezogen und verlangsamt wird, wie das alles so interessiert klingend rausgeträllert wird – und dabei ist es so oberflächlich. *Was ist das für ein Gefühl?* fragen sie am liebsten oder *Was war das für ein Gefühl?* oder *Wie fühlt sich das an?* Die Fragen sind immer die gleichen und immer von einer erschreckenden Belanglosigkeit. Wenn die Fernsehleute meiner Person auflauern, fragen sie, warum ich gepfiffen habe oder warum ich nicht gepfiffen habe oder was wirklich vorgefallen ist in jener Szene. Sie spießen mich mit ihrer Kamera auf und stellen ihre Fragen heimtückisch aus dem Hinterhalt, denn es gilt als eitel, sich mit dem Opfer im Bild zu zeigen, und sie grinsen unverschämt, wenn ich, der ich den Umgang mit Kameras nicht nur nicht gewohnt bin, sondern zutiefst verabscheue, überlege, bevor ich antworte. Diese Kamerateams umstellen mich, umzingeln mich, als wären sie ein Sondereinsatzkommando und ich ein entflohener Sexualstraftäter, und der Mikrofonmann hält mir ein Mikrofon hin, als würde er es mir, wenn ich nicht antworte, tief in den Schlund stopfen, und ich überlege weiter, und mir ist, als ob das Mikrofon nach Tankstelle stinkt. Und dann gebe ich eine Antwort, die klingt, als hätten die Spuren von Benzol nun auch mein Hirn durchweicht. Diese Fernsehleute tun so, als hätten sie ein Recht, auf diese Art zu fragen. Als hätten sie ein Recht, mich zu umzingeln, mich mit ihren Kameras aufzuspießen und mir das Mikrofon in den Hals zu stoßen. Eine Interviewanfrage ist nie ein gutes Zeichen, denn diese Fernsehleute wollen nur allen zeigen, wie ich mich wegen eines Fehlers winde und quäle, und wenn das Interview in dieser penetranten, gekünstelten und sensationsgierigen Art geführt wird, dann steigt in mir ein Fernsehhass auf, gegen den ich mich nicht wehren kann. Ein Hass, der sowohl die einschließt, die Fernsehen machen, als auch jene, die es sich vorsetzen lassen. Pfiffe von uns Schiedsrichtern bekommen eine Bedeutung, die grotesk ist. Ein Schnitt eines Chirurgen ist viel, viel konkreter, Leben und Tod kann daran hängen. Aber ein Chirurg, der die stümperhaftesten, ja verbrecherischsten Schnitte tätigt, wird niemals in die Schwierigkeiten kommen, in die ein Schiedsrichter kommt, wenn er stümperhaft pfeift. Es gibt keinen Chirurgieobmann, keine Spitzenchirurgenlehrgänge und auch keinen Operationsbeobachter, der in Wirklichkeit ein Chirurgenbeobachter ist. Es gibt weder Live-Übertragungen noch Konferenzschaltungen oder eine Operationsberichtszusammenfassung, und kein Schnitt, kein Griff zu Skalpell, Endoskop, Schere oder Klammer wird in Zeitlupe wiederholt und ausgewertet. Wenn ein Chirurg stümperhaft operiert, erwartet ihn kein Kamerateam vorm Krankenhaus. Selbst wenn eine einunddreißigjährige Patientin, die immer kerngesund war, an einem Samstagmorgen mit Bauchschmerzen im Krankenhaus vorstellig wird und zwölf Stunden später so gut wie tot ist, kommt kein Kamerateam und stellt Fragen. Obwohl es einiges zu fragen gäbe. *Herr Doktor Pahl, wie kann es sein, dass bei einer gewöhnlichen Gallenspiegelung die Patientin so schwer verletzt wurde? Herr Doktor Pahl, haben Sie nur aus Angst, einen Fehler eingestehen zu müssen, davon abgesehen, die Patientin sofort in eine Spezialklinik einzuweisen, nachdem die Komplikationen aufgetreten sind?* Solche Fragen stellt kein Kamerateam, über solche Fälle besteht keine Aufregung. Ein Schnitt ist wie ein Pfiff – es ist nicht rückgängig zu machen –, aber die Sendezeit und die Empörung, die mit falschen Schnitten zugebracht wird, steht in keinem Verhältnis zu der Sendezeit und der Empörung, die mit falschen Pfiffen zugebracht, die an sie verschleudert, verschwendet, verschenkt wird. Wobei ein falscher Pfiff doch letztlich so lächerlich unbedeutend ist, ein falscher Schnitt alles verändern kann, den Tag zur Nacht machen, das Glück in die Katastrophe, das Leben in den Tod verwandeln kann. *Herr Doktor Pahl, diese Patientin hat mal gelacht und geküsst und gestreichelt – ist Ihnen eigentlich bewusst, dass ihr Lachen, ihre Küsse und ihr Streicheln fehlen werden? Dass es keinen Ersatz dafür gibt?* Niemand stellt solche Fragen, schon gar nicht ein Kamerateam. Der Arzt schaltet seine Berufshaftpflichtversicherung ein, das heißt, er ruft in meinem Büro an. Dr. Pahl hat eine Berufshaftpflichtversicherung bei der *Alle Leben*, was Herrn Lüdemann zu der Bemerkung verleitete, diese Versicherung müsse sich ja nun umbenennen in *Alle leben, außer einer*. Da eine Berufshaftpflichtversicherung nicht nur *Schäden reguliert*, was in diesem Falle eine absurde Formulierung ist, eine Formulierung, gegen die sich immer alles in mir sträubte, denn was gibt es bei einem qualvollen

Tod zu regulieren?, sondern auch sogenannte unberechtigte Ansprüche abwehrt, bestreitet eine Versicherung wie die *Alle Leben* grundsätzlich jeden Anspruch gegen sie und lässt es auf einen Prozess ankommen, zu dem ein Gutachter hinzugezogen wird. In der Praxis ist das Gutachterwesen längst nicht so durchorganisiert wie das Schiedsrichterwesen, und es gibt viele Gutachter, die sollten lieber Schlechtachter heißen oder Übelachter oder Unachter. Kein Fernsehteam jedoch stellt die Gutachter, umzingelt sie, spießt sie mit der Kamera auf und stopft ihnen das Mikrofon in den Hals, egal, wie unsäglich und haarsträubend ihre Gutachten ausfallen. Der Richter baut sein Urteil immer auf die Gutachten, auch wenn die oft wahre Schlechtachten sind, schlimmste Übelachten, fürchterlichste Unachten. Ein Gutachter benutzt gern einen Satz wie *Durch eine sofortige Verlegung der Patientin hätte nicht mit Sicherheit oder mit an Sicherheit grenzender Wahrscheinlichkeit der letale Ausgang abgewendet werden können*; er vermeidet aber einen Satz wie *Durch eine sofortige Verlegung der Patientin hätten sich, auch dank früherer Gegenmaßnahmen, die Überlebenschancen der Patientin erheblich verbessert* – was eben nicht weniger wahr ist als der Satz, den der Gutachter benutzt hat, der mehr ein Schlechtachter ist, ein Unachter, ein Übelachter. Doch den zweiten, für Dr. Pahl und seine *Alle Leben* ungünstigeren Satz benutzt der sogenannte Gutachter nicht, und so kann ein Dr. Pahl und seine *Alle Leben*, deren Verträge ich betreue, sauber aus der ganzen Angelegenheit herauskommen, ohne dass er Reue zeigt und Schuld am Tod eines Menschen eingesteht, ohne dass ein Schaden reguliert werden muss, ohne dass eine Zulassung entzogen wird und ohne dass ein Fernsehteam Fragen stellt. Ich hatte mich, den riesigen Platz vor dem Gerichtsgebäude überquerend, bereits umgeschaut, ob irgendwo ein Minivan mit dem Aufdruck des Regionalsenders parkt oder ob sich sonstige Hinweise für die Anwesenheit eines Kamerateams finden ließen, aber ich sah keine. Und ob sich Arzt oder Gutachter von einem Kamerateam umzingeln ließen, sich von Kameras aufspießen und Mikrofone in den Mund stopfen ließen, beurteilte ich eher skeptisch, trotz des für sie günstigen Ausgangs. Wir Schiedsrichter hingegen sind gehalten, Interviews zu geben, uns kommunikationsfreudig zu zeigen, aber diese Interviews untergraben nur die Autorität eines Schiedsrichters. Ein Schiedsrichter sollte sich keine Fragen gefallen lassen. Und schon gar nicht von diesen *Komm-den-fragen-wir-jetzt-mal*-Fernsehleuten, die eben noch an Tankstellen herumlungerten, von diesen *Wie-fühlt-sich-das-an?*-Fragern, die nie das Format haben, pfuschende Ärzte oder lavierende Gutachter zur Rede zu stellen. Ein Schiedsrichter waltet seines Amtes, und wenn das Spiel zu Ende ist, sollte es uns Schiedsrichtern verboten werden, unsere Entscheidungen zu kommentieren oder gar zu rechtfertigen, denn wenn ich gepfiffen habe, erübrigen sich alle Fragen. Diese Fernsehteams sehen ja auch davon ab, der Lottofee eine Rechtfertigung darüber abzunötigen, warum zum dritten Mal hintereinander die Gewinnzahl mit der Nummer zwölf gezogen wurde. Wenn es mir darum ist, mich von jedem Dahergelaufenen unverschämt befragen zu lassen, sollte ich Politiker werden. Aus meiner Stellungnahmenaversion, meinem Rechtfertigungsekel heraus habe ich auch meinen Fleischer von dem Tag an gemieden, als mir die Fleischersfrau beim Hinausgehen sagte, ihr Mann hätte den Elfmeter, den ich am Wochenende gepfiffen habe, nicht gegeben.

Anscheinend glaubte sie, ihren Kunden auf einer persönlich anteilnehmenden, individuellen Ebene begegnen zu müssen. Richten Sie Ihrem Mann aus, dass es *Strafstoß* heißt, habe ich noch gesagt, und ich habe nie wieder meinen Fuß über die Schwelle dieses Fleischerladens gesetzt. Überhaupt ist es eine unglaubliche Impertinenz gegenüber den Schiedsrichtern, dass sogar Fleischer, deren abgehackte Daumen unwiderlegbare Kronzeugen für deren Unaufmerksamkeit und Liederlichkeit sind, glauben, sie könnten einen Schiedsrichter an Aufmerksamkeit und Sorgfalt übertreffen. Wenn es um Schiedsrichterentscheidungen geht, glauben alle, sie könnten mitreden. Natürlich auch Menschen, die sich aus Versehen Körperteile abhacken. Diese Bescheidwisser, diese Auskenner, diese Mitreder verkennen komplett, wie ein Spiel dahinplätschert. Sie verkennen komplett, dass sich die Szene, die hinterher zehn, zwölf Mal in Zeitlupe gezeigt wird, niemals ankündigt, dass es keinen unsichtbaren Helfer gibt, der einem Schiedsrichter *Obacht, jetzt passierts!* einflüstert. Plötzlich ist eine Riesenaufregung im Stadion, und ich habe sofort zu entscheiden, ohne dass ich eine Zeitlupenwiederholung sehen darf, von Standbildern oder vor- und zurücklaufenden Sequenzen ganz zu schweigen. Der Schiedsrichter muss den unangekündigten brisanten Moment meistern, und ein Daumenabhacker ist der denkbar ungeeignetste Kandidat zum Meistern unangekündigter brisanter Momente. Er meistert ja nicht mal den *angekündigten* brisanten Moment, denn wenn er das Beil hebt, das Beil oben und der Daumen unten ist, dann ist die Brisanz der Situation ja klar, und er muss nur darauf achtgeben, dass der Daumen nicht unter das Beil kommt, wenn es fällt. Eine lachhaft einfache Situation. Und trotzdem hackt er sich den Daumen ab. Wie kann so jemand – ausgerechnet so jemand! – annehmen, dass seiner Aufmerksamkeit nichts entgeht? Ein Daumenabhacker würde sich, anstatt Strafstoß zu pfeifen, eher die Zunge abbeißen. Er würde wahrscheinlich nicht mal den Anpfiff meistern. Er würde buchstäblich einbrechen, in den Knien einknicken, wenn er das Stadion betritt. Ein Stadion voller lärmender, schreiender Menschen betritt sich nicht wie eine Kühlkammer mit acht Schweinehälften. Der Arbeitsplatz des Schiedsrichters ist der Boden einer riesigen Schuhschachtel, die zugleich aber auch eng ist, denn der Schiedsrichter ist umstellt von achtzigtausend Menschen, von einer *Wand* aus Menschen, von *vier* Wänden aus Menschen, *Steil*wänden aus Menschen, die sich in einen Mob verwandeln, in einen schreienden, erregten Mob. Vier Steilwände mit einem Mob, der schreit und sich erregt, der beschimpft und hetzt und droht – das ist der Arbeitsplatz des Schiedsrichters. Mobbing in seiner krassesten, reinsten Form, das ist die gewohnte Arbeitsatmosphäre des Schiedsrichters. Diese Stadien, gerade die neuen Stadien, die Arenen heißen, sind extra so gebaut, dass auch wirklich das letzte aus dem Mob rausgeholt wird. Die Tribünen würden *Mobständer* heißen, wenn Herr Lüdemann das Sagen hätte. Diese Mobständer sind auch immer überdacht, nicht etwa zum Schutz gegen Regen, sondern zur Lärmkanalisierung. Es geht ja nicht darum, ob Regen auf den Mob fällt, sondern darum, dass der gute, wertvolle Lärm nicht nach oben entweicht, denn oben tut er ja niemandem weh. In manchen Arenen hängen Mikrofone vor den Mobständern, um den Lärm über eine Lautsprecheranlage zu verstärken und den Mob zusätzlich anzuheizen. Die fürchterlichsten Momente spielen sich ab, wenn ein Tor fällt. Der Mob schreit von dreieinhalb Seiten, nur der auswärtige Mob ist still, der Lärm kommt oben nicht raus, die Mikrofone vor den Mobständern nehmen den Lärm auf, und die Lautsprecher verstärken ihn, und außerdem kommt aus den Lautsprechern Uffta-uffta-Musik. Der Lärm ist apokalyptisch, er erreicht Pegelstände, die gesundheitsgefährdend sind. Schon bald werden Profis, die jahrelang auf fünfzig, sechzig Spiele im Jahr kommen, aufhören müssen, weil sie taub sind. Sie werden nicht aufhören müssen, weil das Kreuzband zum wievielten Male operiert werden muss, sie werden nicht aufhören müssen, weil die Kniescheibe verrenkt oder das Sprunggelenk zertreten ist, nicht wegen Knorpelschäden im Knie oder einer gerissenen Achillessehne, sondern schlicht wegen Taubheit, wegen schwerster, irreparabler Hörschäden. Der Lärm auf dem Spielfeld ist von einer kolossalen, überreizten Maßlosigkeit, von einer erdrückenden, zermalmenden Gewalt, dass ich irgendwann ein Spiel wegen Unbespielbarkeit des Platzes abbrechen werde. Ein Schiedsrichter kann laut Regel 5 ein Spiel abbrechen, und nirgends steht, dass ausschließlich Witterungsverhältnisse oder Ausschreitungen Ursache von Spielabbrüchen sein können. Es ist in Regel 5 ausdrücklich von einem nicht näher definierten »anderen Grund« die Rede, aus dem heraus der Schiedsrichter ein Spiel abbrechen kann, ja muss, und nirgends in dem 94-seitigen Regelwerk steht, dass ein Spiel keinesfalls allein wegen des Lärmpegels abgebrochen werden darf. Ich werde irgendwann ein Spiel wegen akustischer Unbespielbarkeit des Platzes abbrechen. Der Schiedsrichter, der ein Spiel wegen akustischer Unbespielbarkeit des Platzes abbricht, hätte sich einen Namen gemacht. Es wird dann immer heißen: *Schiedsrichter Uwe Fertig, das ist der, der das Finale wegen akustischer Unbespielbarkeit des*

Platzes abgebrochen hat. Es gibt ja so wenig, mit dem sich ein Schiedsrichter einen Namen machen kann. Ich kann nun mal nicht in jedem Spiel verblüffen, wie der Spielmacher mit einem Spielzug, einem Solo verblüffen kann. Es gibt den tödlichen Pass, aber nicht den tödlichen Pfiff. Ich kann nicht mehr machen, als es immer nur richtig machen, und selbst wenn ich es richtig mache, ist es nicht richtig genug. Es ist ja nicht mehr so, dass ein Schiedsrichter nur die Einhaltung der Regeln überwacht. Dass er in den Momenten einschreitet, in denen eine Mannschaft gegen die Regeln verstößt. Es ist doch im Fußball so, dass die Spieler der einen Mannschaft die Spieler der anderen bewusst in den Regelverstoß hineintreiben. Die Abseitsregel sollte ursprünglich die Abwehr beider Mannschaften nur davor bewahren, den Dolchstoß versetzt zu bekommen. Dann gingen aber die Verteidigungen dazu über, Abseitsfallen zu stellen. Die ersten Abseitsfallen waren recht durchsichtige Konstruktionen, und über Jahrzehnte stagnierte die Abseitsfallenstellerei, kein Trainer widmete sich dem Abseitsfallenbau. Doch 1980 verfügte die belgische Nationalmannschaft plötzlich über Abseitsfallen, die alle bislang bekannten Abseitsfallen an Präzision, Heimtücke und damit an Effizienz übertrafen. Bei den damaligen Europameisterschaften verfing sich nahezu jeder Angriff gegen die belgische Mannschaft in einer belgischen Abseitsfalle; die gegnerischen Mannschaften, die fußballerisch viel mehr Möglichkeiten hatten, konnten nicht gewinnen, weil sie immer wieder in die belgischen Abseitsfallen tappten. Die Belgier, die im internationalen Fußball bis dahin und auch danach keine Rolle spielten, zogen bis ins Europameisterschaftsfinale. Oberflächlich betrachtet, sind sie Vizeeuropameister geworden, weil sie die sporadische Abseitsfallenstellerei revolutionierten, indem sie sie zum Abseitsfallenbauwesen systematisierten, ja, zur Abseitsfallenbau*kunst* erhoben. In der Tiefe geschah aber mehr: Die Belgier haben eine Regel für sich benutzt, indem sie ihre Gegenspieler systematisch in eine immer wiederkehrende regelwidrige Situation hineinmanövrierten. Und damit haben sie nicht nur eine Regel benutzt, sondern gleich das ganze Spiel uminterpretiert, denn nun begann im Fußball eine große Sucherei nach Möglichkeiten, wie sich denn Regelverstöße der anderen provozieren lassen. Regeln sind nicht zum Eingehaltenwerden da, sondern dazu, für den Gegner zum Problem zu werden. Das weiß natürlich auch der Gegner, der zum Regelverstoß verleitet werden soll, und der ihn mit aller Macht vermeiden will. So entstehen Situationen, messerscharfe Situationen, die ich zu interpretieren habe. Um diese Interpretationen wird auf das Erbittertste gekämpft. Das erste Opfer dieses Kampfes bin ich, denn die Spieler machen mich zu ihrem Mitspieler, zu ihrem zwölften Mann, denn sie erwarten, dass ich das pfeife, was sie mir vorführen. Sie erwarten in bestimmten Situationen meinen Pfiff, wie sie in anderen Situationen den Doppelpass ihres Mitspielers erwarten. Sie spielen mal auf Pfiff, wie sie ein andermal auf Doppelpass spielen. Sie erwarten, dass ich Strafstoß pfeife, wenn ein Spieler fällt, der so lange vor der gegnerischen Abwehr herumtänzelte, bis sich endlich ein Fuß fand, über den er fallen konnte. Noch während er fällt, schaut er schon zu mir, ob ich den Fuß auch gesehen habe, den er nach langer Suche endlich fand. Wir Schiedsrichter werden also instrumentalisiert, so wie Regeln instrumentalisiert werden. Wir sind also, und das möge die Tankstelle bitte zur Kenntnis nehmen, keine Autoritäten mit unbeschränkten Machtbefugnissen mehr, sondern wir sind zum Bestandteil eines taktischen Kalküls verkümmert und bewegen uns in etwas, das mal ein Spiel war, aber von einem Verhau aus Belauern und Berechnung zugewuchert ist. Jedes Fußballspiel ist zu einem Verhau aus Belauern und Berechnung verkommen. Obwohl die Belgier das Finale verloren, haben sie wie keine andere Mannschaft den Fußball total umgekrempelt, indem sie die Rolle der Regeln und damit die Rolle des Schiedsrichters total umgekrempelt haben. Alle Fußballgeschichtsschreibung übergeht diesen Quantensprung, alle Fußballgeschichtsschreibung befasst sich mit dem *Sambafußball*, dem *Schalker Kreisel*, dem *Kick and Rush*, dem *Het totaal voetball* oder dem *Catenaccio*. Aber seit den Belgiern begrenzen Regeln das Spiel nicht mehr. Seit den Belgiern werden Regeln in das Spiel hineingezogen, hineingetrieben, umgedeutet, ausgenutzt, werden Regeln *gespielt*. Und uns Schiedsrichtern ergeht es nicht besser. Auch wir werden in das Spiel hineingezogen, ob wir wollen oder nicht, wir werden in das Spiel hineingetrieben, werden vom Spiel verschlungen. Und nicht nur das. Wenn der eine Spieler eine Regelübertretung provozieren, der andere sie vermeiden will, dann geht es darum, etwas vorzuführen. Damit verwandelt sich eine sportliche Situation in eine Theatersituation. Die Aufführung lautet: *Der hat gegen die Regel verstoßen!* Bzw. *Hab ich nicht!* Jeder, der in den letzten zehn Jahren ein Fußballspiel gesehen hat, weiß, was damit gemeint ist. Wenn die Spieler auf den Platz kommen, da tun sie noch wie die coolen Profis, mimen das Mannsbild, den harten Kerl – aber ein paar Minuten später sind sie sich nicht für die plumpeste Verstellung, nicht für die albernsten Kindereien zu schade. Auf eine sanfte Berührung hin wälzen sie sich am Boden, als wären sie auf das Schlimmste geschlagen und misshandelt worden. Wer hingegen seinen Gegenspieler brutal aus dem Spiel tritt, beteuert seine Unschuld: Er habe den Gegenspieler ja gar nicht getroffen, und eigentlich war er noch nicht mal in dessen Nähe gewesen, ja, er kenne ihn gar nicht und habe ihn noch nie gesehen. Die einen übertreiben und erfinden, die anderen spielen herunter oder bestreiten. Und ich stehe dazwischen und muss in diesem Lügenfilz Entscheidungen treffen. Auf dem Platz wird nur gelogen, betrogen, getrickst und geschummelt. Die Erkenntnis, von Lüge und nichts als Lüge umgeben zu sein, war etwas, das einzusehen ich mich weigerte, zunächst. Erst auf einem Klassentreffen, zehn Jahre nach dem Schulabschluss, als ich Herrn Lüdemann wiedergetroffen habe, habe ich schlagartig meine eigenen Gefühle verstanden. Mit Judith Lüdemann, in die ich verliebt war als ich zehn, elf war, habe ich ganze Nachmittage verbracht. Sie wohnte fast ganz oben, nämlich in der vierundzwanzigsten, und ich fast ganz unten, in der zweiten Etage, und wir fuhren natürlich immer zu ihr nach oben, das war viel interessanter, und wir haben zusammen Hausaufgaben gemacht, ferngesehen und die Zeit totgeschlagen, bis ihr Vater nach Hause kam, der mich in Gespräche verwickelte und mit mir ein Stück vom Brot des Wissens brach, am liebsten, indem er Wörter beim Wort nahm. Wenn wir uns unterhielten, wanderte mein Blick aus dem Fenster, und ich schaute nach Westberlin oder in den Todesstreifen, vierundzwanzig Stockwerke unterhalb der Lüdemannschen Wohnung. Alles, worüber ich mit Herrn Lüdemann sprach, wurde vor diesem Hintergrund auf eine unerklärliche Art bedeutend, und ich glaube noch heute, dass ich die Gespräche im zweiten Stock, also in unserer Wohnung, niemals als so bedeutsam empfunden hätte wie im vierundzwanzigsten Stock, in der Lüdemannschen Wohnung. Das, was ich sah, wenn mein Blick abschweifte, wurde als vollkommen normal hingenommen, aber das Empfinden konnte das, was ich sah, wenn mein Blick abschweifte, nicht als normal empfinden, niemals. Und das machte alles Gespräch ohnmächtig. Ein Gefühl der Nutzlosigkeit durchzog alles Gespräch, auch die Gespräche mit Herrn Lüdemann. Das Gefühl, dass jedes Gespräch an dieser Grenze verzweifelt, war mit den Händen zu greifen. Denn egal, worüber wir reden, egal, wie groß und wie nahrhaft und wie dampfend das Stück vom Brot seines Wissens ist, das er für mich bricht – diese Grenze ließ sich nicht wegreden. Eines Tages kam Judith nicht zur Schule, und es sprach sich herum, dass ihre Familie einen Fluchtversuch unternommen hatte, der jedoch missglückt sei. Versuchte Republikflucht hieß das. Sowohl den Fluchtversuch als auch das Misslingen hielt ich für absolut logisch, denn diese Grenze war nicht hinnehmbar, zugleich aber auch nicht überwindbar. Bis zu jenem Klassentreffen sechzehn Jahre später habe ich weder über Judith noch über ihren Vater irgendetwas gehört; sie war eben einfach *weg*, wie auch andere Mitschüler weg waren, die schlicht in eine andere Stadt gezogen sind. Gegen Mitternacht kam Herr Lüdemann, um Judith abzuholen, wobei das nur ein Vorwand war, denn er fragte sich natürlich, was aus mir geworden war, wie auch ich mich fragte, was aus ihm geworden war. Ich wollte wissen, wie das denn damals war mit dem Fluchtversuch. Herr Lüdemann sagte nun, dass er in den Monaten vor dem Fluchtversuch auf seinem Wochenendgrundstück zwei Gleitdrachen gebaut hatte, mit denen er und seine Frau vom Dach des Hochhauses in der Leipziger Straße, für das er sich auch schon einen

Nachschlüssel besorgt hatte, direkt in den nur hundert Meter entfernten Westen fliegen wollten. Die Einzelteile des Drachens mussten vom Wochenendgrundstück in die Wohnung transportiert werden, doch als der allzeit wachsame Hausmeister Frigewski Herrn Lüdemann, mit einem sperrigen, spannrahmenartigen Teil aus dem Fahrstuhl kommend, *erwischte*, informierte Hausmeister Frigewski die sogenannten zuständigen Organe. Die Verhöre im Stasigefängnis, wo Herr Lüdemann über Monate eingesperrt wurde, waren, so Herr Lüdemann, eine absolut bizarre Erfahrung. Er wurde nämlich, so Herr Lüdemann, von der Außenwelt vollkommen isoliert. Seine Vernehmer sagten ihm, seine eigenen Leute hätten ihn verraten, seine Frau wolle nichts mehr mit ihm zu tun haben, und niemand im Westen interessiere sich für sein Schicksal. Wochenlang wurde er nicht zum Verhör geholt, damit diese Informationen ihre Wirkung tun, damit sie sich in ihn hineinwühlen, damit sie sich in seine Seele fressen und ihn völlig zersetzen. Natürlich musste er annehmen, so Herr Lüdemann, dass er angelogen wird, aber er konnte es dennoch nicht glauben, dass er so maßlos und frech belogen wird. Dass so hemmungslos Lüge an Lüge gereiht wurde, dass ein ganzes Territorium mit Lügen kartographiert wurde. Es ist, so sagte mir Herr Lüdemann am Rande des Klassentreffens, doch unter uns Menschen üblich, dass wir uns im Wesentlichen die Wahrheit sagen. Man unterschlägt zwar hier was, verschweigt da etwas, stellt etwas heraus oder betont etwas über Gebühr, und in der Not greift man auch mal zur Lüge – die Wahrheit wird, je nachdem, wie wir es brauchen, etwas eingefärbt. Aber es bleibt ein Gefühl für die Wahrheit, sagte Herr Lüdemann. Doch das gab es in seinen Vernehmungen überhaupt nicht, seine

Vernehmer waren sich, so Herr Lüdemann, für keine Lüge zu schade. Es wurde gelogen, als ob an der Lüge nichts Unsittliches wäre. Er musste sich, sagte Herr Lüdemann, als Judith bereits ihren Mantel anzog, darüber klarwerden, dass jegliche Informationen aus den Mündern seiner Vernehmer vollkommen wertlos waren. Als Judith ihren Mantel angezogen hatte, setzte sie sich zu uns, und es war ein bisschen wie damals, als ich in ihrem Zimmer saß und in sie verliebt war und Herr Lüdemann das Brot seines Wissens mit mir brach, und ich verliebte mich gleich wieder in Judith, und diesmal richtig, doch zugleich fesselte mich auch Herrn Lüdemanns Erzählung. Es ist, sagte Herr Lüdemann, und Judith in ihrem Mantel saß dabei und hörte zu, weil sie ihren Vater noch nie so darüber hatte sprechen hören, unvorstellbar schwierig, auf alles, was dir gesagt und gezeigt wird, zu verzichten und dir ein Bild allein aus dem Gefühl heraus zu basteln. Du weißt, wie es ist, wenn du mit einer geschickten Lüge ausgetrickst wirst, du weißt, wie es ist, wenn du mit der Wahrheit überrollt wirst, aber dass du mit Lügen überrollt wirst, das kennst du nicht, so Herr Lüdemann, der so lange über die Vergangenheit redete, bis sie für ihn wieder zur Gegenwart wurde. Und für mich auch, denn ich verliebte mich nicht nur in Judith – es war um mich geschehen, eine Redensart, die Herrn Lüdemann gefallen dürfte. Und obwohl es um mich geschehen war, hörte ich Herrn Lüdemann zu, wie auch Judith. Sie tun den Mund auf und lügen, sie schauen dir in die Augen und lügen, sagte Herr Lüdemann, alle Worte, Zeichen und Gesten formen sich zu Lügen, denen du nichts entgegenzusetzen hast als einen Unglauben, einen durch nichts gerechtfertigten Unglauben, und ich sagte nicht etwa *Das verstehe ich* oder *Das kann ich mir vorstel-*

len, sondern ich sagte *Ich kenne das*. Es ist genau so, wie es Herr Lüdemann damals beschrieb, dachte ich, als ich die Mitte des beklemmend leeren Platzes erreicht hatte. Sie tun den Mund auf und lügen, sie schaun dir in die Augen und lügen, alle Worte, Zeichen und Gesten formen sich zu Lügen, denen du nichts entgegenzusetzen hast als einen Unglauben, einen durch nichts gerechtfertigten Unglauben. Die Spieler täuschen und tricksen, zeigen einerseits Unschuldsmienen und Engelsgesichter, nachdem sie Dinge getan haben, die den Staatsanwalt interessieren müssten, wie sie sich andererseits am Boden krümmen und wälzen auf ein harmloses Antippen hin. Die Berührung einer Fingerkuppe an der Nasenspitze wird mir dargeboten wie ein K.-o.-Schlag, und wenn ein Stürmer fällt, ist überhaupt nicht gesagt, dass er überhaupt berührt wurde. Eine Unschuldsmiene ist für die Entscheidungsfindung genauso wertlos wie ein sich am Boden wälzender Spieler oder ein durch die Luft fliegender Stürmer. Der Fußballplatz ist ein einziges Lügentheater, genauer, ein halbes Lügentheater, und ich bin derjenige, der rausfinden muss, welche Hälfte gelogen und welche Hälfte nicht gelogen ist. Wenn jemand fällt, muss ich entscheiden, ob da geschoben, geschubst, gehalten oder beingestellt wurde – oder ob da gar nichts war, ob da nur etwas inszeniert wurde, das ich erstens glauben und zweitens pfeifen soll. Ich habe weniger Angst, etwas zu übersehen, als davor, etwas zu sehen, was nicht stattgefunden hat. Ich sehne mich nach den Zeiten, als ein Foul noch ein Foul war! Ich sehne mich nach den Zeiten, als Bestechungsversuche noch kriminell waren! Als sich jeder Schiedsrichter unbestechlich fühlen durfte, der das Geld zurückgewiesen hat, das ihm angeboten wurde. So wie im Spiel die greifbaren Fouls seltener werden, ohne dass das Spiel fairer wird, werden auch die Betrugsversuche seltener, ohne dass es ehrlicher wird. Die Zeiten mit dem Umschlag sind vorbei. Heute komme ich in Hotelzimmer, die sind eingerichtet wie für die Flitterwochen, mit Blumensträußen und frischem Obst, mit einer Etagere voller Pralinen, mit Parfumpröbchen im Badezimmer und einem Betthupferl auf dem Kissen. Die Vereine, die uns die Zimmer nicht buchen dürfen, lassen dafür sogenannte Nettigkeiten ins Zimmer schaffen. Ist ja nicht verboten, solange sie nichts dafür erwarten, und niemand in den Vereinen, die mir die Blumen oder die Parfumpröbchen aufs Zimmer schaffen lassen, würde zugeben, dafür etwas von mir zu erwarten. Gastlich wollen sie sein, sagen sie, sich nicht lumpen lassen wollen sie, sagen sie, denn die Vereine erwirtschaften Unsummen, und es reicht für ein angenehmes Leben für viele, sagen sie, und die Fußball-Welt soll für alle, die dazugehören, die sich um sie verdient gemacht haben und noch machen, eine Welt voller kleiner Annehmlichkeiten sein, sagen sie. Außerdem, sagen sie, wird sich doch wohl kein Schiedsrichter von einem Blumenstrauß und ein paar Stückchen Konfekt bestechen lassen. Dabei wissen sie ganz genau – und das sagen sie nicht! –, dass jeder anständige Mensch das Gefühl der Dankbarkeit kennt, und dass jeder anständige Mensch, dem etwas Gutes getan wird, dieses auch zurückgeben will, und sie wissen auch, dass für einen Schiedsrichter die einzige Möglichkeit des Zurückgebens im Spiel besteht. Sie tun nett und freundlich und großzügig, die Vereine, aber in Wirklichkeit greifen sie zu der schamlosesten Form der Bestechung. Zu der »Wir-tun-doch-nichts-Verbotenes«-Form. Diese Form der Beeinflussung ist die mieseste Form, denn sie zwingt mich, wenn ich meine Unabhängigkeit nicht aufgeben will, mich undankbar zu zeigen. Sie zwingt mich, dass ich auf meinem Gefühl der Dankbarkeit sitzenbleibe, dass ich mich als undankbarer Mensch fühle, gäbe ich nicht meine Unabhängigkeit auf, was mich aber nur in noch größere Konflikte stürzen, ja mich letztlich ungeeignet machen würde, auch nur noch eine Sekunde Schiedsrichter zu sein. Sie umzingeln mich mit ihrer Freundlichkeit, ihrer Zuvorkommenheit, ihrer Großzügigkeit, aber sie haben dabei nur eines im Sinn, nämlich, mich als Schiedsrichter völlig zu versklaven und zu vernichten, indem sie aus einem echten Unparteiischen einen Konzessionsentscheider machen, einen willfährigen, dankbarkeitsdurchtränkten Waschlappen machen. Unter allen Umständen unparteiisch zu sein bedeutet doch nicht, sich nicht beeinflussen zu lassen, wenn die ganze Mannschaft und obendrein die Ersatzbank mit weitaufgerissenen Augen, schreiend und armefuchtelnd auf mich zurennt. Unter allen Umständen unparteiisch zu sein bedeutet, sich von den besten, freundlichsten, luxuriösesten, schmeichelhaftesten und korrumpierendsten Umständen nicht beeinflussen zu lassen. Die innere Unabhängigkeit des Schiedsrichters gegenüber dem Geschehen auf dem Rasen, das Auf-keiner-Seite-Stehen ist sein Kapital, sein kostbarstes Talent. Mittendrin zu sein, nahe dran zu sein, über alles im Bilde und dennoch innerlich unbeteiligt zu sein, das befähigt mich, das zu tun, wofür ich da bin – und genau das soll mir mit Betthupferl, frischem Obst und Parfumpröbchen sanft entwunden werden. Indem auf meine Dankbarkeit spekuliert wird. Warum aber sollte ich auch nur einen Hauch meiner Unabhängigkeit hergeben? Wobei *ein Hauch hergegebener Unabhängigkeit* in der Schiedsrichterei gleichbedeutend ist mit *vollkommen preisgegebener Unabhängigkeit*.

Gleichbedeutend mit sklavischem Ausgeliefertsein und hilflosester Ich-Entleerung. Die einzige Konzession, auf die ich mich einlasse, betrifft die Hülle, mit der ich mich umgebe, oder meinetwegen die Aura. Den Entschluss, eine Konzession zu machen, fasste ich, als ich mit Judith in der Nationalgalerie in Oslo vor dem Munch stand, vor diesem Bild, das Judith an meinen berühmten italienischen Kollegen erinnerte, der sich damals, als ich mit Judith vor jenem Bild stand, gerade anschickte, ein Star-Schiedsrichter zu werden. Vor diesem Bild stehend sagte Judith, dass mein italienischer Kollege nicht allein wegen seiner Glatze und seinen stechenden Augen berühmt ist, und schon gar nicht, weil er ein tadelloser Schiedsrichter ist. Seine Berühmtheit ist wie die Berühmtheit jedes Stars nur eine, die im Publikum entsteht, vom Publikum gewollt wird und die ihm aus dem Publikum zuwächst. Ein Sportler wird für eine Leistung berühmt, Stars werden berühmt, weil sich Millionen in ihnen spiegeln können, weil Millionen in ihnen etwas sehen, das sie kennen oder das sie selbst gern hätten. Es gibt nichts Willkürlicheres als die Tatsache, wer ein Star wird und wer nicht, sagte Judith. Und die Berühmtheit des italienischen Kollegen hat mit diesem Bild zu tun, sagte Judith, denn dieses Bild kennen alle, es ist das Sinnbild des zwanzigsten Jahrhunderts, das Sinnbild für die Höllenfahrt des zwanzigsten Jahrhunderts, für seine Grausamkeiten, sein Entsetzen, seine Schrecken, seinen unfassbaren Horror. Alle haben dieses Bild schon mal gesehen, vielleicht nur in der Größe eines Urlaubsfotos und nur in Schwarzweiß in einer Zeitung, aber niemand kann dieses Bild vergessen. Vermutlich weiß der berühmte italienische Kollege nichts von seiner Ähnlichkeit mit dem berühmten Bild, hat vielleicht nie vor seinem künstlerisch verfremdeten Doppelgänger gestanden, vielleicht bin ich ja die Erste und sogar die Einzige, die diese Ähnlichkeit, diese Verwandtschaft benennen konnte, sagte Judith, das Bild betrachtend, aber ohne dieses Bild, das zweifellos das Original, *sein* Original ist, wäre er nur ein Clown, doch mit diesem Bild (oder über dieses Bild oder dank diesem Bild) ist er ein Zitat, und ihm wird – metaphorisch – derselbe Beifall zuteil wie amerikanischen Bandleadern, die für die profansten Ansagen von ihrem deutschen Publikum Beifall erhalten, nur als Zeichen, dass die Englischkenntnisse des Publikums ausreichen, der Ansage zu folgen. Der Beifall für den berühmten italienischen Kollegen ist ein Beifall unseres Unbewussten, das dadurch, dass es das italienische Zitat als berühmt erklärt, nur kundtut, dass es um das Original weiß. Und ich fragte Judith, weiter das Bild betrachtend, ob sie mir zutraue, das Unbewusste von Millionen anzusprechen. Judith sagte *Weiß nicht* und ging zum nächsten Bild. Und als ich das nächste Mal eine Rote Karte zog, da war mir bewusst, welche Chance in der Assoziation liegt, dass ein Spieler *unter die Dusche* geschickt wird. Lass es einen Hauch von Auschwitz haben, dachte ich. Niemand von denen im Stadion war dabei, aber alle haben eine vage, ungute Vorstellung davon, und ich sollte etwas zeigen, das mit deren Unbewusstem korrespondiert. Wie wäre es mit zackigen und eckigen Bewegungen, dachte ich, und versuchte mich zu bewegen, als ob eine Filmfigur der Stummfilmzeit auf dem Platz herumläuft. Wie wäre es mit knappen, abgehackten Gesten und Zeichen, und versuchte, es wie bei einer mechanischen Puppe aussehen zu lassen. Und so unerbittlich, wie man sich den herzlosen, sadistischen Bürokraten vorstellt. Wie wäre es mit einem Laufstil, bei dem gar nichts stimmt, dachte ich, und versuchte auszusehen wie ein stolpernder SS-Mann auf Rollschuhen. Es ist nicht leicht, auf dem weichen Rasen nur zackige und eckige Bewegungen zustande zu bringen. Aber so was wollen die Zuschauer, klare, zackige, diktatorische Zeichen. Der ganze Körper wird zu einer einzigen Geste. Einer *fanatischen* – auch so ein Goebbels-Lieblingswort –, einer fanatischen Geste. Und wenn ich einen Spieler unter die Dusche schicke, dann kommt ein Hauch von Auschwitz auf. Diese eine Konzession muss sein. Ohne diese Konzession geht es nicht. Ein Schiedsrichter stößt nämlich irgendwann an seine Grenzen. Ein Schiedsrichter kann nicht das Traumspiel abliefern, er kann nicht den schon nicht mehr für möglich gehaltenen Pfiff pfeifen, so wie ein Spieler ein Tor aus unmöglicher Position machen kann ... *und Schiedsrichter Fertig pfeift! Pfeift, pfeift, pfeift! Schiedsrichter Fertig gibt Elfmeter! Haben Sie diesen Pfiff gehört, liebe Zuschauer? Unglaublich! Fünf Spieler versperren die Sicht, und trotzdem ahndet Uwe Fertig dieses Handspiel, diese leichte Berührung beim Ballmitnehmen, ooch, das sieht man ja kaum in der Zeitlupe. Was für ein Auge! Ein Teufelskerl, dieser Fertig! Uwe, du bist ein Schiedsrichtergott!* Niemals werden die Reporter so von mir reden. Für uns ist als Superlativ, als höchster Titel *die Pfeife der Nation* vorgesehen. Wenn ein Spieler etwas vollbringt, von dem es heißt, es sei unglaublich, ist er ein Held, wenn ich etwas pfeife, von dem es heißt, es sei unglaublich, dann bin ich der Prügelknabe. Wenn in der Zeitung steht, ich sei der beste Mann auf dem Platz gewesen, dann ist gemeint, dass das Spiel unterirdisch war. Wenn in der Zeitung steht, dass ich der beste Mann war, dann nur, um damit die Spieler zu verhöhnen und klein zu machen. *Ihr Spieler wart noch kleiner als dieser*

Zwerg, soll es bedeuten. Kein Schiedsrichter kann eine Partie so überragend leiten, dass die Fans darüber noch in dreißig Jahren in Begeisterung geraten. Ein Schiedsrichter kann nicht durch seine Leistungen unsterblich werden. Kein Schiedsrichter kann durch seine Leistungen unsterblich werden. Ein Schiedsrichter kann nur durch seine Fehlentscheidungen unsterblich werden. Es gibt Deutsche, die neunzehnhundertsechsundsechzig noch gar nicht geboren waren, und die trotzdem den Namen jenes Linienrichters kennen, der den Ball beim dreizwei von Wembley hinter der Linie gesehen haben will. Viele Fußballspiele verdanken ihren Legendenstatus Fehlentscheidungen, genauer gesagt: umstrittenen Entscheidungen. Höchst umstrittenen Entscheidungen. Es ist ja nicht so, dass Situationen, in denen höchst umstrittene Entscheidungen möglich sind, auf Bäumen wachsen. Ein Wembleytor fällt nur alle paar Jahre einmal. Drin oder nicht drin, das ist hier die Frage. Tausende Wiederholungen haben sie nicht aufklären können. Für deutsche Augen war der Ball nicht drin, kann er nie drin gewesen sein. Für englische Augen war er Lichtjahre hinter der Linie. Heute ist ein Wembleytor gar nicht mehr möglich. Heute gibt es die Zeitlupe und sechzehn, zwanzig Kameraperspektiven. Heute könnte man ein Tor geben, was keins war, aber wenige Momente nach der umstrittenen Entscheidung wird die Zeitlupe nachgereicht. Dann wird aus einer umstrittenen Entscheidung entweder eine richtige Entscheidung oder eine Fehlentscheidung. Es wäre ein Leichtes, strittige Situationen mit Zeitlupenwiederholungen zu entscheiden. Oder mit dem Chip im Ball. Eine Berufshaftpflichtversicherung für den Schiedsrichter ist einfach aus dem Grunde unvorstellbar, weil ihm die Beweismittel, die sein Versagen dokumentieren, in erdrückender Übermacht gegenüberstehen. Keine Versicherung der Welt wäre unter diesen Umständen bereit, Schiedsrichter im Rahmen einer Berufshaftpflichtversicherung zu versichern. Stünden Ärzte unter der gleichen gnadenlosen Beobachtung wie Schiedsrichter, dachte ich, die Jackentaschen nach dem Wagenschlüssel abklopfend, würde es keine Berufshaftpflichtversicherungen für Ärzte geben. Achtzig Prozent aller Fehlentscheidungen würden nicht passieren, wenn man sie ernsthaft würde eliminieren wollen. Die Technologie ist da. Aber man will die Unsicherheit, den menschlichen Faktor, den Irrtum. Man will die Fehlentscheidung. Denn die produziert Erregung. Und Erregung ist der Kerngedanke. Fußball sieht man, um sich aufzuregen, und Fehlentscheidungen sind etwas, worüber man sich noch nach Jahren, Jahrzehnten aufregen kann. Deshalb gibt es nichts, womit ein Schiedsrichter dem Fußball mehr dienen kann, als eine Fehlentscheidung. Fehlentscheidungen sind das Kostbarste, was der Schiedsrichter dem Fußball geben kann. Ja, wenn im Fußball stets der Bessere gewinnen sollte, dann würden Fehlentscheidungen den Sport zerstören, ihn vernichten. Aber der Fußballsport hat sich ja schon längst zerstört. Als Sport gibt es ihn nicht mehr. Denn Wettkampfsport bedeutet, den oder die Besten zu ermitteln. Im Fußball gehts nicht darum, herauszufinden, wer der Bessere ist. Niemand wird ernsthaft behaupten, dass beim Fußball grundsätzlich die bessere Mannschaft gewinnt. Dass ein Ergebnis irgendeine Art von Klasse, von Überlegenheit oder Unterlegenheit ausdrückt. Wer sehen will, wie der Beste gewinnt, soll sich Weitsprungwettbewerbe angucken. Beim Fußball gehts darum, dass sich zwei Mannschaften irgendwie über neunzig Minuten zu einer Entscheidung durchwursteln. Und man hat sich darauf eingelassen, dass bei den meisten Spielen auch ein Nullnull eine Entscheidung sein darf, obwohl das Wort Unentschieden genau das Gegenteil bedeutet. Das Unentschieden ist also gleichzeitig Entscheidung *und* keine Entscheidung. Das sagt wohl alles aus über den sportlichen Wert eines Ergebnisses. Fußball ist als Sport tot. Das Wort Fußballsport ist ja völlig aus der Mode gekommen, und zwar zu Recht. Es trifft einfach nicht das, was sich im Fußball abspielt. Man redet vom Fußballereignis, vom Fußball-Geschäft, vom Fußball-Spektakel. Aber nicht vom Fußballsport. Fußball lebt als Event, als Attraktion, als Kitzel, als Showereignis. Als eine Erregungsmaschine von ungeheurer Dimension. Die Erregung wird von allen Seiten gefüttert, und die Rolle der Schiedsrichter ist es, sie mit Fehlentscheidungen zu füttern. Allerdings keine x-beliebigen Fehlentscheidungen, sondern nur Fehlentscheidungen auf höchstem, auf allerhöchstem Niveau, ungewollt und schicksalhaft. Und natürlich ewig. Unsterbliche Fehlentscheidungen. Pfiffe lassen sich sowenig korrigieren wie die Schnitte eines Chirurgen. Weder Spieler noch Trainer, Manager oder Fans können Protest einlegen, den Rechtsweg beschreiten oder zu sonstigen Mitteln greifen, sowenig, wie auch kein Patient, kein Angehöriger, keine Schwester und kein Chefarzt den Schnitt eines Chirurgen rückgängig machen kann. Nicht mal ich selbst kann meine Entscheidungen rückgängig machen. Es ist einmal ein Tor gewertet worden, das der Schiedsrichter regelrecht erfunden hat. Das sogenannte Phantomtor. Der Ball ging ans Außennetz, die Zuschauer haben Tor gebrüllt, die Spieler haben die Arme hochgerissen. Der Schiedsrichter und sein Assi, der damals noch Linienrichter hieß, haben auf Tor entschieden. Tor für Bayern München gegen den

FC Nürnberg. Das Spiel, das zweieins endete, wurde neu angesetzt. Es wurde also nicht etwa das erfundene Tor abgezogen und nur die tatsächlichen Tore gezählt. Niemand schlug ernsthaft vor, das Spiel einseins zu werten. Weil ein gewertetes Tor eine Tatsache ist, egal ob es erzielt oder erfunden wurde. Dafür wurde das ganze Spiel für null und nichtig erklärt. Weil an den Tatsachen, die in dem Spiel entstanden sind, nicht zu rütteln ist, bleibt nur, das ganze Spiel zu negieren. Als hätte es nie stattgefunden. Niemand behauptet, das sei gerecht. Aber es ist stringent. Die Zuschauer, die sich für das ungültige Spiel Karten gekauft hatten, mussten sich auch für das zweite Spiel Karten kaufen. Dabei hatten sie, juristisch betrachtet, mit der ersten Karte eigentlich das Recht erworben, die Entscheidung zwischen dem FC Bayern und dem 1. FC Nürnberg direkt im Stadion zu erleben, und hätten demzufolge die Neuansetzung ohne weiteren Eintritt sehen dürfen. Aber sie bezahlten ohne Murren. Weil es nicht um eine Entscheidung, sondern um die Erregung geht. Erregung ist der Kerngedanke des Fußballs. Der Fußball wirft den Zuschauer in die Steinzeit zurück, macht aus ihm einen Steinzeitmenschen, der umhüllenden Zivilisation nicht würdig. Steinzeitmenschen müssen sich schlagen, müssen sich wehren und kämpfen. Jede Woche ein Kampf, gegen einen Bären, ein Mammut oder die Horde vom Waldstück nebenan. Jede Woche Aufregung, Mobilmachung, Gebrüll, Kampf, Opfer und das Gefühl von Sieg oder Niederlage. Und diese Fähigkeit zur Erregung trägt der Fan noch immer mit sich herum, aber unsere Zivilisation weiß nichts damit anzufangen. Der Steinzeitmensch fordert sein Recht, wenn es den Fan ins Stadion zieht. An vierunddreißig Samstagen im Jahr ist der Neandertaler los. Denn was sonst ist dran am

Fußball, dass man sich so erregt? Fußball ist immer nur viel Lärm um nichts. Auch wenn es mittlerweile schon etwas mehr als nichts ist. Vom Fußball kann man nämlich schon längst nicht mehr sagen: Ist doch nur n Spiel. Mit dem Spruch werden Kinder getröstet, wenn sie vor Wut heulen, wenn sie die Figuren vom Brett fegen und wenn sie den Würfel an die Wand schmeißen. He, ist doch nur n Spiel. Zu einem Spiel gehört, dass im Spiel alles möglich ist – du gründest Imperien, du sammelst Leben, du kannst Millionär werden und wieder verarmen –, aber nach dem Spiel kehren alle zurück in die Wirklichkeit, und alles hat wieder so zu sein wie vorher. Ein Spiel muss folgenlos sein, sonst ist es kein Spiel. Wenn zwei Menschen nach einem Spiel nicht mehr miteinander reden, dann sagt man: Aus einem Spiel wurde Ernst. Der Fußball ist schon längst der Ernstfall schlechthin. Kein Mensch erwartet beim Fußball, dass es folgenlos bleibt. Ganze Industrien hängen da dran, Millionen von Existenzen. Nur jemand, der nun überhaupt keine Ahnung hat, sagt über Fußball: *Ist doch nur ein Spiel.* Mit einem Spiel hat Fußball nichts mehr zu tun. Das Fußball*spiel* ist systematisch vernichtet worden. Zuallererst und am gründlichsten von denen, die mit dem Fußball aufs engste verbunden sind. Was natürlich keinen intelligenten Menschen überrascht. Weil die sicherste Methode, eine Sache zugrunde zu richten, darin besteht, sich ihr enthusiastisch zu widmen. Immer sind es die sogenannten eifrigsten Verfechter, die sogenannten glühendsten Verehrer, die sogenannten engagiertesten Vertreter, die eine Sache in den Abgrund führen. Niemand anderes als die Kommunisten haben den Kommunismus in den Abgrund geführt. Und die größte Umweltverschandelung findet im Namen des Umweltschutzes statt, denn was anderes als die größte

Umweltverschandelung sind sonst diese Windräder, die von den Umweltschützern als Errungenschaft des Umweltschutzes gefeiert werden? Umweltschützer, die mit Leuchten in den Augen erzählen, dass sie vor dreißig Jahren in Brokdorf von einem Wasserwerfer nassgespritzt wurden. Umweltschützer, die mit einem ergriffenen Beben in der Stimme erzählen, wie sie vor zwanzig Jahren in Wackersdorf von der Polizei weggetragen wurden. Habt ihr euch dafür nassspritzen lassen, müsste man sie fragen und ihnen unsere von Windradmonstern verunstalteten Landschaften, die als *Windparks* kommuniziert werden, zeigen. Ist es das, was ihr gewollt habt, als euch die Polizei weggetragen hat, und sie, notfalls mit Polizeigewalt, gleich wieder hintragen in die größte Landschaftsbildverschandelung, die es je gegeben hat. Und so wie Umweltschützer die rücksichtslosesten Zerstörer der Umwelt sind und Kommunisten die effektivsten Vernichter des Kommunismus, so sind Frauenrechtlerinnen das größte Unglück für die Frauenrechtsbewegung. Kein anständiger, kein empfindender Mensch kann den Anliegen und Zielen der Frauenrechtsbewegung Sympathie verweigern, und zugleich ist es für einen anständigen und empfindenden Menschen unmöglich, gemeinsame Sache mit Frauenrechtlerinnen zu machen. Auch die Frauenrechtsbewegung ist durch ihre eifrigsten Verfechterinnen und engagiertesten Vertreterinnen in eine der peinlichsten Angelegenheiten überhaupt verwandelt worden, wie alles verwandelt wird, das denen in die Hände fällt, die etwas gezielt voranbringen wollen. Die sich eine Sache auf die Fahne geschrieben haben. Und so ist auch das Fußballspiel vernichtet worden, als Spiel, als Ist-doch-nur-ein-Spiel-Spiel, als Begegnung, die unbedingt folgenlos zu bleiben hat. Vernichtet von denen, die sich als seine größten Enthusiasten, als seine eifrigsten Verfechter und engagiertesten Vertreter ausgegeben haben. An mir als *Bester Verkäufer* der *Alle Leben* ist es, deren Albtraum, deren Sargnagel zu werden, dachte ich, als ich fast schon mein Auto erreicht hatte. Ich musste nie meine Kunden und Klienten suchen, ich musste nur die Tür aufmachen, und schon kamen sie; ein Schiedsrichter gilt als seriös, was viel wert ist in einer Branche, in der sich gern mit dem Kleingedruckten herausgeredet wird. Und plaudern wollten sie alle mit mir, über die großen Spieler und wie sie denn wirklich sind, rein menschlich, und schon war ich *Bester Verkäufer*. Als Schiedsrichter wache ich jeden zweiten Samstag in einem Hotel auf, auch an jenem Samstag, als mich Judith anrief, sie habe Bauchschmerzen, schlimme Bauchschmerzen. Ruf den Notarzt, sagte ich noch, und sie versprach es, und sagte nochmals, es tut so weh, doch ich war vierhundert Kilometer entfernt und hatte am Nachmittag das Spiel zu pfeifen. Als Judith mit dem Rettungsdienst ins Krankenhaus fuhr, fuhr ich mit dem Fahrstuhl zum Frühstück. Als Dr. Pahl ihr das Endoskop durch die Speiseröhre schob, ließ ich mir ein Nutellabrötchen schmecken, als das Endoskop sie verletzte, trank ich noch einen Orangensaft. Als Galle und Pankreassekret ihre Bauchhöhle füllten, füllte sich auch das Stadion, als Judith noch schlimmere Schmerzen bekam, als sie vorher schon hatte, machte ich Stretchübungen, als Dr. Pahl ihre *brettharte Bauchdecke* diagnostizierte, prüfte ich den Druck der Bälle. Als sich die Mannschaften auf dem Platz verteilt hatten, hatten sich auch Galle und Pankreassekret verteilt. Dann begann das Spiel, und ich pfiff es tadellos, der Spielbeobachter, der in Wirklichkeit ein Schiedsrichterbeobachter ist, machte auf dem Schiedsrichter-Bewertungsbogen alle Kreuzchen auf der linken Seite, da, wo sie hingehören, und ich hatte bis zum Abpfiff nichts von Judith gehört, aber ich war trotzdem voll bei der Sache, ohne Unkonzentriertheiten, ohne Abschweifungen, klare Linie. Dr. Pahl aber ließ Judith einfach liegen, beließ es bei Schmerzmitteln und hoffte, dass die Symptome abklingen. Aber Galle und Pankreassekret in der Bauchhöhle haben eine ätzende, die inneren Organe zersetzende Wirkung, haben eine tödliche Wirkung, allerdings kommt der Tod nicht schnell, sondern langsam und qualvoll. Das Spiel pfiff ich ohne Unkonzentriertheiten und Abschweifungen, klare Linie, und die Kreuzchen waren hinterher alle links, doch um Judith war es geschehen. Es tut so weh, war das letzte, was ich von ihr hörte, und als ich im Krankenhaus war, hatte sie bereits das Bewusstsein verloren, und es war nichts mehr zu machen. Wenn jemand dagewesen wäre, wenn jemand Druck gemacht hätte, wenn jemand Judiths Verlegung in die Spezialklinik gefordert hätte ... Eigentlich sollte ich mich anklagen, dachte ich, als ich mit der Fernbedienung die Wagentüren entriegelte, aber in einem Verfahren, in dem ich sowohl Antragsteller als auch Vertreter des Antragsgegners bin, spiele ich schon genug Doppelrollen. Auf zwei Seiten stehen, das kann ich nicht, dann schon lieber achtzigtausend, die schreien und brüllen und fluchen und mich beschimpfen. Herr Lüdemann hat sich nicht an der Klage gegen Dr. Pahl beteiligt, *Anmaßung* sagte er immer wieder, er, der Vater, der durch das Nichtstun von Dr. Pahl die Tochter verlor, wollte nicht *dem Antrag beitreten*, wie es in der Juristensprache hieß, sondern er sagte immer wieder *Anmaßung*. Wir gestatten diesen Chirurgen, dass sie uns den Leib aufschneiden, sagte Herr Lüdemann, wir gestatten ihnen, dass sie uns das Herz anhalten, und vertrauen darauf, dass sie es danach wieder in Gang setzen. Wir gestatten ihnen, dass sie uns Organe aus dem Körper schneiden oder dass sie uns fremde Organe einsetzen. Stundenlang dürfen sie mit gefährlichen, mit tödlichen Schneidwerkzeugen zwischen unseren Eingeweiden hantieren, dürfen unseren Brustkorb aufklappen wie einen Bildband und das Herz offenlegen. Es ist eine Anmaßung, einen Arzt Dinge tun zu lassen, die um Haaresbreite, um einen Wimpernschlag an Totschlag grenzen, und gleichzeitig von ihm zu erwarten, dass es niemals dazu kommt. Es ist ein Wunder, dass es nicht öfter dazu kommt, sagte Herr Lüdemann. Wir lassen sie Adern aus unserem Bein nehmen und sie am Herzen wieder ansetzen. Wir lassen sie arbeiten, als wäre der Körper ein Hobbykeller: Sie tackern, schrauben, hobeln, bohren, sägen, nageln, fräsen, kleben und nähen. Wir haben ein ozeanisches, ein so monströses Vertrauen in die Chirurgen, sagte Herr Lüdemann, und dazu gibt es kein Äquivalent, kein balancierendes Misstrauen. Kann es auch gar nicht geben. Jemanden, dem ich gestatte, dass er mein Herz anhält, dass er mir den Bauch mit einem Schnitt vom Brustbein bis zum Schambein öffnet, den kann ich nicht anzweifeln. Das ergäbe überhaupt keinen Sinn. Götter in Weiß sind sie doch nicht durch ihr Gebaren, sondern dadurch, dass wir uns vollständig in ihre Hand begeben. Ich will auch keinen verunsicherten Chirurgen, sagte Herr Lüdemann, ich will nicht, dass der, der mein Herz anhält, auch nur den Hauch eines Zweifels hat, ob er es wieder zum Schlagen bringt. Natürlich, in deiner Schiedsrichterei wird alles bis in die letzte, unsinnigste Faser der Materie durchdiskutiert, wird viel Zeit damit zugebracht, über Belanglosigkeiten zu sprechen. Dafür haben wir Worte. Drin oder nicht drin.

Solange wir nicht über die großen und tiefen Dinge sprechen können, müssen wir über die kleinen und flachen Dinge sprechen. Solange wir die richtigen Worte nicht haben, müssen wir die flachen benutzen. Solange wir die bedeutenden Dinge nicht entsprechend behandeln können, sagte Herr Lüdemann, behandeln wir Unbedeutendes, als sei es wichtig und groß. Das, was die Ärzte machen, ist Ernst, blutigster Ernst. Es ist eine *Anmaßung*, die Ärzte, zu denen wir in den entscheidenden Minuten grenzenloses Vertrauen haben müssen, in dein System zu verfrachten, hineinzuzwingen, hineinzuschrumpfen. Bei dir geht es um den lächerlichen, grundschulhaften Anspruch, keine Fehler zu machen. Ein Arzt hat das Problem, diesem alles übersteigenden, gleichsam perversen Vertrauen in sein Können gerecht werden zu müssen. Wer sich *unters Messer legt*, sagte Herr Lüdemann in der ihm eigenen Lust, Wörter beim Wort zu nehmen, überantwortet sich einer Gewalt, einer tödlichen Gewalt. Wer sich unters Messer legt, darf hoffen, aber nicht fordern und hinterher auch nicht klagen. Wenn die Maske mit dem Lachgas aufs Gesicht gedrückt wird, wenn der Stahl die Haut berührt, geht der Patient einen anderen Zustand ein – er überantwortet sich einem anderen. Er nötigt einem Fremden die Verantwortung für sein Leben auf. Was für eine Anmaßung! Wird der Patient geheilt, ist der Retter schnell vergessen. Stirbt der Patient, wird er dem Leichenheer beitreten, das sich nächtens vorwurfsvoll am Bett des Arztes versammelt. Es ist eine *Anmaßung*, einen Arzt der Körperverletzung mit Todesfolge zu bezichtigen, nachdem der sich auf Judiths Wunsch, auf Judiths Flehen hin zur Endoskopie entschloss. *Anmaßung*, auf diesem Wort hatte Herr Lüdemann immer wieder herumgebissen, als ob er wütend darüber sei, dass sich dieses Wort nicht beim Wort nehmen ließ, dass es so zutreffend und doch so wenig entgegenkommend war. Eine *Anmaßung* sei meine Klage gegen Doktor Pahl, wie auch dieser ganze Prozess eine *Anmaßung* sei, in dem der Tod Judiths mit der Verantwortung eines Arztes und den monetären Interessen einer Versicherungsgesellschaft munter zusammengerührt würden, und ein im Taktieren versierter, grundsätzlich aber desinteressierter Gutachter, ein Schlecht-, Un- und Übelachter die Schlüsselrolle spielen würde. Dass von den achtzig Millionen Deutschen ausgerechnet ich derjenige bin, der die ärztlichen Berufshaftpflichtversicherungen der *Alle Leben* und damit auch die Berufshaftpflichtversicherung von Dr. Pahl betreute, setze der Lächerlichkeit die Krone auf. *Anmaßung, nichts als Anmaßung*, hatte Herr Lüdemann immer wieder gesagt, er, der die Wörter so gern beim Wort nahm. Vielleicht hatte er *Grausamkeit* gemeint, aber das Wort nicht benutzt, weil es ihm zu altmodisch erschien, dachte ich, als ich mein Auto erreichte und auf dem Beifahrersitz die Blumen sah, die ich Judith heute, an ihrem Vierunddreißigsten, noch aufs Grab legen wollte. Der Blumenladen gegenüber dem Friedhof hatte nur Blumen, die nicht schön, dafür aber teuer waren; deshalb kaufte ich die Blumen immer bei mir um die Ecke, da, wo ich auch früher, als Judith noch lebte, Blumen kaufte. Die Verhandlung hatte nur 50 Minuten gedauert, wie eine Halbzeit mit etwas Nachspielzeit; die Blumen waren natürlich frisch geblieben. Blumen, dachte ich. Die gab es lange vor den Wörtern und vor den Prozessen, und die wirds auch dann noch geben, wenn es lange keine Wörter mehr gibt, und keine Prozesse, und das tröstete mich.

BERLINER LUFT

Sie kauft Brussig

Von Hans-Joachim Neubauer

Eine Buchhandlung in Mitte, kurz nach 13 Uhr. Die Politikerin im blauen Hosenanzug bleibt bei den Bestsellern stehen, geht hinüber zum Informationsstand. Aus der Distanz hält sie ihr Leibwächter im Blick: „Haben Sie Brussigs ‚Schiedsrichter Fertig'?" Drei junge Leute lächeln: Ja, natürlich. Einer stürmt los, doch da steht die Frau schon bei den Neuerscheinungen, das Buch in der Hand. Gleich drei Exemplare nimmt sie, stellt sich an der Kasse an, zahlt. Dann ist sie verschwunden. Die Leute gucken sich an. War sie das? „Klar! Das Blau passt doch gut zu ihren Augen."

Was verraten Geschenke von dem, der sie macht? Thomas Brussigs Buch ist die anrührende und packend erzählte Klage des Schiedsrichters Uwe Fertig über sein Schicksal. Umgeben von Profis der Verstellung versucht er, seiner Aufgabe gerecht zu werden. Gegen die Anfeindungen der Spieler, gegen den Hass der Zuschauer: „Bei den Schiedsrichtern kommt jeder, ohne Ausnahme, von ganz unten, aus dem tiefsten Schlamm, aus einfachsten Verhältnissen." Geht es Politikern ähnlich? „Man muss es sich hart erarbeiten, ausgepfiffen zu werden. Von achtzigtausend wütenden, rasenden Menschen ausgepfiffen und angeschrien zu werden, das schaffen nur ganz, ganz wenige." Tröstlich, dass es Politiker doch leichter haben. Auch wenn ihr Publikum tausendmal so groß ist.

Schiedsrichter wie Politiker leiden unter der Gier, dem Druck der Medien. Gleichen sich nicht auch die Arenen, in denen sie auftreten? „Der Arbeitsplatz des Schiedsrichters ist der Boden einer riesigen Schuhschachtel, die zugleich aber auch eng ist, denn der Schiedsrichter ist umstellt von einer Wand aus Menschen, von vier Wänden aus Menschen", sagt Uwe Fertig wie in einer Allegorie auf die politische Öffentlichkeit. Nicht besser steht es um die, mit denen er arbeiten muss: „Sie tun den Mund auf und lügen, sie schaun dir in die Augen und lügen, alle Worte, Zeichen und Gesten formen sich zu Lügen." Immerhin, Herr Fertig hat Macht: „Ich entscheide, und niemand redet mir rein. Schon gar nicht die, die es betrifft." Träumt davon auch die Frau in Blau? Natürlich spricht Uwe Fertig nur von sich, doch wer liest, was er leidet, ahnt, wie schwer es sein muss, mächtig und glücklich zugleich zu sein.

Rheinischer Merkur, Nummer 47, 22. November 2007

© *DIE ZEIT*

Inhalt

Vorab 5

Leben bis Männer 9

Mats Hummels auf Parship 55

Schiedsrichter fertig 79

Hans-Joachim Neubauer
Sie kauft Brussig 137

»Leben bis Männer« erschien zuerst 2001 im S. Fischer Verlag, Frankfurt am Main, »Schiedsrichter Fertig« erschien zuerst 2007 im Residenz-Verlag, St. Pölten. Wir danken dem Residenz Verlag für die Überlassung der Abdruckrechte.
© 2007 Residenz Verlag GmbH, Salzburg – Wien

Bibliografische Information der Deutschen Nationalbibliothek
Die Deutsche Nationalbibliothek verzeichnet diese
Publikation in der Deutschen Nationalbibliografie;
detaillierte bibliografische Daten sind im Internet über
http://dnb.d-nb.de abrufbar.

© Wallstein Verlag, Göttingen 2023
www.wallstein-verlag.de
Vom Verlag gesetzt aus der Stempel Garamond
Umschlaggestaltung: Eva Mutter (evamutter.com)
Druck und Verarbeitung: Pustet, Regensburg
ISBN 978-3-8353-5428-9